巫觋茶馆之浣纱路篇（简体字版）

THE WITCH & WARLOCK TEAHOUSE ON HUANSHA ROAD（SIX CONNECTED LOVE STORIES IN SIMPLIFIED CHINESE CHARACTERS）

B杜

British Library Cataloguing-in-Publication Data. A CIP catalogue record for this book is available from the British Library.

ISBN 978-1-915884-20-6 (ebook)

ISBN 978-1-915884-19-0 (print)

For my Family

引子

浣纱镇是一座千年古镇，不仅积聚了丰富的文化底蕴，还以妩媚迷人的小河风光闻名。有句话"家家有雕梁，户户有活水"，说的正是江南的民居特色，放在浣纱镇上，此活水便是浣纱河，它犹如一条碧绿色的飘带流淌其间，河的两岸道路顺理成章就叫浣纱路。

所谓的"浣纱"，旧时乃指洗纱线（染过色的纱线必须先洗去浮色才能使用）。从这个流传千年的名字来看，浣纱镇以前应该是个作坊，不过现如今倒是瞧不出来，因为小桥、流水、人家、长街、老店、戏台、小庙、古寺……等充斥其间，跟一般的水乡无异，甚至更精致些。

就在三步一杨柳，五步一石雕的浣纱路上，不知何时突然冒出一家"奇怪"的店。

何以为怪？首先，店名《巫觋茶馆》就很奇怪，有人甚至不知"觋"该怎么念？不过店主早有准备，在"觋"字下方标注读音（二声Xi），同时在店门口立了一个人字板，上面工工整整地写着：凡以神仕者，掌三辰之法，以犹鬼神示之居，在女曰巫，在男曰觋（翻成白话的意思便是施通灵之术者，女性叫巫，男性叫觋）；其次，出现的时间很奇怪。这家茶馆的前身是个绣花鞋店，经营不善后一直空置着，某天一觉醒来竟成了茶馆，速度之快令人咋舌；其三，经营的方式很奇怪。开的是茶馆，当然希望客似云来，但实际情况好像并非如此，比如茶馆的雕花木门总是关得严严实实的，从外面看不见里面；还有，门板上虽然挂着"营业中"的牌子，但门总是推不开，所以即使客人有心上门，大概很快会打消主意。

正当大家以为这是一家永远不开张的茶馆时，门忽然被推开了，巫觋茶馆总算有了第一位客人……

第一位客人：卓家新

卓家新 _1

I

如果不是为了搜集论文资料，卓家新不会顶着寒风出门。气象报告说今天会下雪，他得赶在大雪纷飞前搭上高铁往南，好避开严寒。

当卓家新站在梧桐路上冷得直打哆嗦时，有辆出租车经过，并且在约一百米处停了下来，他立马飞奔过去，可惜还是晚了一步。

"这司机的动作可真快！"卓家新忍不住抱怨。

"再等等吧！"刚下车的女子对他说，"也许下一辆出租车很快会来。"

卓家新已经在这条路上等了十多分钟，所以不抱太大希望，倒是该女子的面部表情很耐人寻味。

"看妳望眼欲穿的样子，是不是有东西落在车上？"他问。

"没有，只是这家咖啡馆不是我想找的，我以为自己还可以重新上车。"

卓家新遂问她想找的咖啡馆叫什么名？她回答不清楚，只知道这家咖啡馆从外面看不见里面，门口还立了一个人字板……

"我知道这家！"卓家新立即插话，"几个礼拜前我曾想进去喝杯咖啡，结果不得其门而入。"

"为什么？"

"门锁住了，开不了。"

"停止营业吗？"

"怪就怪在这里，门上挂着'营业中'的牌子，可是实际情况却非如此。"

女子表示这听起来很像她想找的咖啡馆，问卓家新能否告诉她怎么走？

"当然可以。"他答。

卓家新指路完毕，一辆空出租车适时来到，他立即拦下。

"谢谢哈！"女子对他说。

"不客气。"卓家新把登山包扔进后车座，"祝妳喝得上咖啡！"

卓家新-2

2

在古代，衣料的色彩起初并不丰富，先民们遂从生活中慢慢摸索出印染衣物的技术，染坊业因此应运而生，至今仍是重要的产业之一。

所谓的染坊，指的是经营布料染色和漂白业务的作坊，这是一个非常古老的行业，早在新石器时代的后期就初见端倪（当时已懂得使用赤铁矿粉末来染色）。到了商周时期，染坊的技术不断提高，宫廷中甚至设有专职的官吏（染人）来管理；发展到汉代，染布技术已经很高超，不仅染出的颜色多样，还懂得漂染、套染、媒染……等。

卓家新读的是纺织工程专业，毕业论文的选题是《染织类非物质文化遗产的艺术特点》，鉴于浣纱镇是民间染坊的代表，他便想实地考察一下，顺便替论文增加一点儿份量（这个份量不单指论文页数，还包括质量）。

下了高铁之后，天气明显变暖和，这对卓家新来说是个好消息，因为他不喜欢全身上下裹得像个粽子似的。

跳上公交车，又走了一小段路，卓家新终于来到传说中的浣纱镇。啊！这真是一个美丽的小镇，那穿镇而过的河道，那雕刻精致的石拱桥，那傍水而筑的民居，那长着青苔的石驳岸……等，让他不禁联想起诗词《天净沙·秋思》中的名句"小桥流水人家"，好一幅古韵浓厚、活灵活现的水墨画呀！

"嘟……嘟嘟……"手机响了，卓家新接听。

"你在哪里？"对方问。

"我在搜集论文资料。"

"我爸跟你说了什么？"

"没什么，就谈了一些家常。"

"我不信，他肯定说了什么，否则你不会不告而别。"

"妳想多了，若真要不告而别，我就不接听妳的电话了。"

他俩因为这个话题，扯了十多分钟，直到手机没电，对话才被迫结束。

到了下塌旅馆，卓家新首先该做的应该是将手机充电，同时立马拨给小鱼儿，但他没这么做，而是选择关机。

在旅馆稍做休息后，卓家新决定到小镇上走走，顺便解决民生问题。

"请问这附近有没有好点儿的饭馆？"卓家新问坐在前台的小男孩。

小男孩回答石虎桥附近的石虎餐厅可以一试。

"石虎桥怎么走？"卓家新又问。

"出门右拐你会看到浣纱河，沿河往北走约十分钟就到了。"

"谢谢！"

"不客气。"

卓家新心想这个小男孩跟方才替他办理入住手续的老板肯定是父子关系，因为他们同样留着小平头且有一对令人过眼难忘的招风耳。

依着小男孩的指示，卓家新出门右拐，然后沿河北上，走了约莫十分钟，果然看到石虎桥（原来桥上雕刻了好几只形态逼真的老虎，他猜这正是桥名的由来）。

既然找到石虎桥，那么石虎餐厅应该近在咫尺了，果然……

"有什么推荐的？"卓家新坐下后，问面无表情的服务员。

"白丝鱼、阿婆菜、马头兰、白蚬子。"

"那么各来一份，再加一碗白米饭。"

"饮料呢？"

"青岛啤酒。"

这么一餐花掉两百多元，跟大城市的消费差不多，问题是味道还一般，整体的性价比并不高。

卓家新心想小男孩肯定不懂什么是"好点儿"的饭馆，这不光指装修，还包括味道。不讳言地说，学校食堂的饭菜都比这个可口，价格还低，一份小炒肉也只要8元而已。

吃完"没什么特别"的晚餐，卓家新来到河边，此时两岸的商铺和民居灯火通明，照得河面波光粼粼，像洒上银粉似的。

"小鱼儿的父亲还要五天才会离开，这小镇看起来不大，希望我能在此待满五天而不觉得无聊。"卓家新边看"银河"边想着。

卓家新 3

3

如果有人问卓家新为什么要选择纺织工程专业？他的回答在大二以前是"分数刚好到了，所以读了"，但大二那年的圣诞舞会结束后，他的答案骤然改变。

"你为什么选择纺织工程专业？"小鱼儿问他。

"这样我才能遇见妳。"他答。

小鱼儿是台胞，同时也是同一所学校的大一学妹。

"真的假的？"她问。

"当然是真的。"卓家新紧张起来，"如果四个月前有人问我这个问题，答案肯定不一样，但现在的我的确是这么想的，不信的话，我可以对天发誓……"

小鱼儿咯咯咯地笑，像悦耳的铜铃声。

"你好好玩喔！"她说。

"我不是用来玩的。"卓家新一脸严肃地答。

这下子小鱼儿笑得前仰后合，最后竟挂在他身上，倒让卓家新感到诧异，这女生未免也太开放了吧？！

"妳还好吗？"他问。

"厚，一整个都被你打败了啦！"她离开他，"你确定你是地球人？"

"我是。"

这次小鱼儿笑得蹲在地上，害卓家新不知如何是好，尤其路人纷纷投来好奇的眼光。

"妳……妳能告诉我哪里说错了吗？"卓家新小心地问。

"你没错，"小鱼儿终于止住笑，接着站起身，"看来我们需要多接触一下。"

果然接触久了，卓家新已经能跟上节奏，知道有些话只是台湾人的口头禅，不一定是字面上的意思，当然也就不会上岗上线地多加解释。

某晚，趁着气氛刚好，卓家新问小鱼儿愿不愿意当他的女朋友？

"不愿意。"一答完，小鱼儿立刻在他的脸颊上小啄一下。

卓家新一时迷糊，这是愿意还是不愿意？

"你是不是觉得奇怪？"她问。

"是的。"

"我爸说我的男朋友要经过他审核，同意过后才能交往。"

原来如此！

于是他把自己的家世仔仔细细地交待一遍，包括父母都是公职人员，家里有房有车，不是什么乱七八糟的人。

"公职人员？"她问。

"嗯！地方上的小官。"

不知怎的，小鱼儿的脸色忽然黯淡下来。

"妳怎么了？"他问。

"没什么啦！"她又笑颜逐开，"你不是说要请我吃枣糕？走！现在就去。"

几天后，小鱼儿告诉卓家新——她的室友参加派对去了，今晚不会回来。

"什么意思？"他明知故问。

"哎呀！你好机车nei，怎么可以问我这个问题？"

这里的"机车"跟摩托车或电动车无关，而是"难搞、讨厌"的意思，而那个"nei"读成轻声，是语尾助词，无意义。

后来卓家新还是跟着小鱼儿回她家，并且意外得知这是个单人住的两居室商品房，没有所谓的"室友"。

"妳好机车nei，竟敢骗我？！"卓家新学小鱼儿说话，声音嗲嗲的。

"你很烦nei！"小鱼儿推他一把。

卓家新趁机抱住她，问："妳爸要怎么审核我？"

"别紧张，只是走个形式而已，我觉得好就行。对了，今晚你住客房，被褥洗过，保证干净。"

那一晚才刚睡下，小鱼儿就跑过来跟他挤一块儿，理由是她听到客厅传来奇怪的声音。

"真的假的？"卓家新做爬起状，"我去查看一下。"

小鱼儿反身将他扑倒，语带威胁地说："你若敢去，我马上跟你切！"

这里的"切"是绝交的意思。

卓家新当然"不敢"。

没多久，客房传来奇怪的声音……

卓家新_4

4

卓家新直到学期结束才正式跟小鱼儿同居，倒不是因为什么冠冕堂皇的理由，而是宿舍偶尔会查寝，他可不想让远在他乡的父母忽然接到宿管阿姨的"骚扰"电话。

某天，他忽然想到可疑之处，遂问小鱼儿："大一新生强制住校，妳怎么可以搬到校外住？"

"我走读呀！"

"这……这是妳家？"

"是呀！我父母买给我住的，还说偶尔会过来看我，所以买两个房间的，结果一次也没来看我。"

卓家新原以为这商品房是租的，还嘀咕着何必租那么大？原来是业主呀！难怪小鱼儿坚持不收他的钱。

"这房挺贵的吧？！"他三问。

"还好啦！因为看得到市景，所以贵点儿。"

卓家新心想这大概就是传说中低调的有钱人吧？！明明穿得朴素，用的东西也是小众品牌，还经常吃学校食堂，怎么也没料到竟然会是个富家千金。

"等我毕业找到工作，我会努力攒钱买房子，然后加妳的名字。"卓家新对女友说。

小鱼儿似乎大受感动，以致支支吾吾的。

"妳什么话都不用说，这房是妳父母的，我另外买房给我们的小家。"

话说得满满当当，其实卓家新的心里很没谱，因为他读的专业若不走学术路线，就业情况一般都不乐观，少数找到对口的，月薪大概在三千元左右，大多数则从事不对口的工作，好比销售、文书或自行创业。

虽然读的是冷门科系，但卓家新的父母老早就将他的路布置好了，那就是考公务员（像他们一样）。众所周知，体制内的工作相对稳定，但稳定也代表一步一脚印，卓家新可没那个把握能熬到最后。还有，国家公务员考试难如登天，据说考上的机率在1.28%～5%之间，他连班上的前5%都够不上，就别提与那些牛校的牛人同场竞争了。

"毕业后，你想找什么样的工作？"小鱼儿问。

这是卓家新提的话题，女友有此疑问也正常。

"我想找个有挑战性的工作。"他答。

"那是什么？"

"写作。"

卓家新想成为作家不是一时兴起，这些年断断续续写了好几篇小说，都发表在文学网站上，可是至今也没有出版社伸来橄榄枝。

"写作是挑战性的工作吗？"她又问。

"当然，因为很难成名，所以才富挑战性。"

这个答案似乎不是小鱼儿想要的，她皱了皱眉头。

"怎么了？"他问。

"没什么啦！"她换了脸色，"我能拜读一下吗？"

女友想阅读自己的作品，那再好不过，卓家新立即把文章调出来。

卓家新 *5*

5

夜里，卓家新偶然惊醒，发现小鱼儿正目不转睛地看着他。

"妳怎么还没睡？"他问。

"回答我，如果有一天你成为大作家，会不会把我写进你的书里？"

"会，当然会。"

"那么答应我，不管怎样，你不能在书里说我的坏话。"

"我答应妳。"

"也不许说我家人的坏话。"

这个要求挺奇怪的，因为截至目前为止，他还未见过小鱼儿的家人，就算见过，他也不会"越界"去批评。

"我答应妳——绝不说妳家人的坏话。"他答。

因为这个回答，小鱼儿主动亲吻他，这勾起卓家新内心的熊熊欲火，他再度占有她，直到两人都筋疲力尽为止。

卓家新 _6

6

小鱼儿就是于小娥，她很不喜欢这个官方名字，以致不惜出言恐吓。

"大家好，我叫小鱼儿，我另外还有个不祥的名字叫于小娥。不瞒各位，那是个被咀咒过的名字，只要念出那三个字，轻则车毁，重则……呵呵！你们懂的，所以千万千万别喊我那三个字，多谢！"

这种"前无古人，后无来者"的自我介绍方式很吸引人，很快小鱼儿便火了，而且火得一塌糊涂，这也是卓家新之所以注意到她的原因，否则大一女生这么多，他怎么偏偏能万里挑一？

然而注意不代表欣赏，意思是小鱼儿还有其个人魅力在（除了台式普通话让人难以忘怀外，她那孩子似的个性也是亮点），所以卓家新才会情不自禁地爱上她。

"小鱼儿，昨天我在校园里看到一条鳄鱼，至少有两米长。"卓家新说。

"真的假的？你有报告给学校吗？"

从这个回答不难看出小鱼儿上钩了，这要说出去，大概90%的成年人都会选择不相信。

"妳怎么就这么傻？"卓家新摸摸她的头，"被卖还帮着数钱，说的就是妳！"

小鱼儿把弄乱的头发用手抓整齐，然后答："安啦！这世上不会有人斗胆敢卖掉我，除非不想活了。"

"就这么自信？"

"当然，因为我爸会发出全球追杀令。"

卓家新把这段话当成笑话，殊不知再真实不过，并且在几天后的夜里第一次被震撼到……

"于小娥，开门！妳把门反锁了，我要怎么进来？干！"

听到声音，小鱼儿跳起，紧接着压低声音对卓家新说："我爸来了，别出声！"

知道"岳父大人"来了（还是以这种出其不意的方式），卓家新吓得瑟瑟发抖，再想到自己身上如此"清凉"，赶紧起床着装，结果不小心打翻床头柜上的香薰炉，发出"哐啷"一声，他心想——完了！

"爸，我八肚幺，我们出去呷宵夜。"这是小鱼儿的声音。

"现在已经凌晨一点多了。"这是"岳父大人"的声音。

"凌晨三点还能呷宵夜，何况一点？走！现在就去。"

这对父女前脚一走，卓家新后脚也跟进，离去前还不忘"毁尸灭迹"，把一个男人曾经居住过的痕迹一一抹去。

次日，小鱼儿如丧考妣地出现在卓家新面前。

"怎么了？是不是昨晚妳爸给妳麻烦了？"他问。

"也是也不是，他……他想和你见面。"

"见面？为什么？"

话一说完，卓家新立刻察觉到小鱼儿的不开心。

"对不起，是我给妳添麻烦了。"他拥她入怀，"妳如果要我去，我就去，全听妳的。"

后来卓家新被带到一家日式料理店的大包厢内，里面有一长溜的矮桌。他脱鞋进入，然后在塌塌米上坐下，大气不敢吭一声，像极了小弟拜见黑帮头子。

"你就是那个即使被砍断三条腿也要跟温姿囡儿在一起的憨大呆？"

此话一出，卓家新的心又往下沉了好几十米。

"我……我是真心爱着小鱼儿。"他说。

"什么小鱼儿？我女儿叫于小娥。"

"我是真心爱着于小娥。"

此时的"岳父大人"脱下外套，再松开衬衫上的扣子，然后把袖子往上卷，卓家新因此看到胸前和臂膀上的大面积刺青，又是龙，又是虎的。

"你现在还爱着我女儿吗？"那个杀气腾腾的男人问。

"我……我能晚点儿再答复您吗？"

"听着，我会在此停留五天，希望我离开前能得到一个满意的答案。"

这就是卓家新逃到浣纱镇的主因，"搜集论文资料"不过是顺带的。老实说，若没有这段插曲，他大概会等到来年开春再南下。

"哎！既来之则安之，"卓家新边瞪着旅馆的天花板边想，"明天我就上钱家染坊瞧瞧，也许会有不菲的收获。"

卓家新 _7

7

旅馆老板说钱家染坊在浣纱河下游，屋外种了一大片杨柳，很容易找到。

既然容易找到，卓家新便打算先走陆路再走水路，只要方向对了，殊途一样可以同归。

隔天吃完早餐（瓷饭团加小馄饨），卓家新踏着凹凸不平的青石板，信步于幽深的街巷和白墙黑瓦的民居之中。与水路相比，这里的巷道显得更为狭小，有的仅容两人并排走。

就这么凑巧，卓家新刚踏进另一条巷子便迎上一名十三、四岁的女孩，手里牵着一头牛。

少女见状，立即站在牛前，好让卓家新通行。

"不，不需要这么麻烦，我退出去就是。"他说。

等两人一牛皆走出巷子，少女立刻向卓家新道谢。

"不用谢，小事一桩。"他停顿了一下，"这牛一大早去哪儿？"

"给画家当模特儿。"

"真的假的？"

话一说出，卓家新才惊觉自己竟在潜移默化之中染上小鱼儿的口头禅。

"当然是真的，不信的话，你可以跟我过去瞧瞧。"少女一本正经地答。

卓家新本想拒绝，但再一想，反正没事，何不跟过去看看？于是同意了。

本来卓家新的计划是先走陆路再走水路，结果少女牵着牛沿河而下，他也只能顺势而为。

一路上，少女很沉默，显得牛脖子上的铃铛声格外响亮。

"牛脖子上的铃铛是妳给挂的？"卓家新问。

"不是，是画家送的，他说好看。"

"租一条牛当模特儿得多少钱一天？"

"不清楚。这是大人的事，我只负责送牛和接牛。"

卓家新还想多问一些，结果在埠头洗衣服的妇女扬声问少女是不是又给画家送牛去？

"是的。"少女答。

因为这个话题，同样利用河水洗菜或淘米的妇女开始七嘴八舌地讨论起这个从外地来的画家，嘲笑声此起彼落。

卓家新很讨厌听人论是非，只想快点儿走人，结果……

"阿妹，妳旁边的男人是谁？"某个长舌妇问起。

卓家新赶紧解释："我找钱家染坊，顺便看看画家长什么样。"

"画家租的院子和钱家染坊紧挨着，"另一名妇人开口，"翻个墙过去就是了。"

原来看完画家，还能顺道拜访钱家染坊，卓家新心想："这岂不是一举两得？太好了！"

卓家新 _8

8

浣纱镇的住宅规模与布局很有特色，不仅房房相连，中间还
以风火墙隔断，加上每家的面积都不大，导致天井显得局促
（画家租下的这屋便是），所以当少女把牛拴在一棵不知名
的树上后，基本只容转身。

"妳今天晚了。"男人开门后说。

"牛闹脾气，所以晚了一点儿才出门。"

"今天牛的肠胃好不好？"

"应该不错。"

"昨天我扫了好几堆粪便，臭死了！"

……

. . . .

当那两人在对话时，卓家新便观察画家，果然如同三姑六婆所言，此人邋遢得很，还好是个大光头，因为那是全身上下唯一算得上干净的部位。

卓家新等着对话结束好跟画家聊两句，哪知那人抱怨完毕便关上大门，不给卓家新说话的机会。

"你是不是想上钱家染坊？"少女忽然问他。

"是的。"

"今天星期一，不开门。"

"真的假的？"

"当然是真的，不信的话，你可以跟我过去瞧瞧。"少女严肃地答。

卓家新本想拒绝（既然今天没开门，明天再去也行），但横竖没事，何不跟过去看看？于是同意了。

三姑六婆说画家租的小院和钱家染坊紧挨着，翻个墙过去就是。现实是卓家新和少女不可能光天化日之下做这么丢脸的举动，于是他们沿着垣墙绕道，就在转角处，卓家新赫然看到一大片迎风摇曳的杨柳，只是和想象中略有差异（冬季的杨柳并不是全向下低垂，有的会努力往上伸展，像孔雀开屏一样）。

"哇！杨柳。"卓家新兴奋地说。

少女噗嗤一笑，问他是不是第一次见到杨柳？

这里三步一杨柳，根本做不到"第一次"目睹，但他次次都有第一次初见的喜悦，原因在于他所住的城市没有杨柳。

少女说卓家新可怜，他倒不觉得有什么，每个城市有每个城市的特色，不可能全包了。

"那么这是不是你第一次上钱家染坊？"少女又问。

"是的。"

"哎！可惜错过了。"

卓家新本想解释自己会在浣纱镇待上几天，今日错过了，明天再来就是，但不知怎的，话到嘴边又吞下（他和少女不熟，没必要提这个，不是吗？）。

"到了，这就是钱家染坊。"少女停下脚步说。

此时的卓家新看到的是类似电视剧上员外的家，门是双开式的，左侧还挂着一个铜牌，上面刻着"钱查青邱"四个大字。

"什么是'钱查青邱'？"卓家新问。

"我也不清楚，我帮你问问。"

少女答完，猛力拍打大门，里面立刻传来狗吠声。

"别别别……"卓家新赶紧制止，"染坊今天不是休息吗？"

"是休息呀！但钱姐姐在，她会跟你解释什么是'钱查青邱'。"

少女话甫歇，门咿呀地被打开，卓家新因此看到一位明眸皓齿的女子，精神为之一振。

"钱姐姐，这位哥哥想知道什么是'钱查青邱'。"少女抢着说。

那个眼睛里有星星的女子遂转向卓家新，问："你想知道？"

卓家新只好硬着头皮承认。

"旧时称染匠为'查青邱'，我的祖先世代都是做这一行的，所以在前面冠上姓氏，意思是钱染匠。"她答。

卓家新一听来劲，赶紧拿出录音笔，把女子说过的话复述一遍，然后接着问："这铜牌是地方官赐予的吗？"

"不是，是我亲手制作的。"女子停顿了一下，"请问你是记者吗？"

"不，不是。"他按下录音笔的暂停键，"我是G大的学生，为了写毕业论文，特地上这里搜集资料。"

一旁的少女热心地加上一句："这位哥哥只待在浣纱镇一天。"

"这样啊～"钱家女子把啊字拉长，代表这件事有转圜的余地。

此时的卓家新反倒心虚，既然今天是染坊的休息日，他明天再来就是。结果还没等他开口，那女子便让开身来，说："进来吧！你运气好，今天由钱家后人当你的讲解员。"

卓家新 _9

9

一进到染坊，卓家新立刻受到两只大狗的"欢迎"，它们频频扑到他身上，很是热情。

"这狗如果养来看家，那可糟了。"卓家新说。

"我也挺惊讶的，平常Jiajia和Xinxin对待陌生人可凶了，大概你身上有狗味吧？！"

卓家新没养过狗，哪来的狗味？倒是狗名（Jiajia和Xinxin）让他挺不是滋味。

"这狗名该不会是家里的家，新旧的新吧？！"他问。

女子听完笑了，接着澄清是加菲猫的加，欣喜的欣，再怎么也不会取家里的家和新旧的新，那两个名字听起来很土。

"土吗？我不觉得，想必妳的名字不土吧？！"卓家新问。

"不土，我叫钱婉儿，温婉的婉，小鱼儿的儿……等等，莫非你的名字……"

"敝姓卓，卓家新……家里的家和新旧的新。"

钱婉儿顿时羞红了脸，表示自己说错话，该罚！

"没事，名字只是代号，我不介意。"他说（其实他在意的是钱婉儿竟然提到小鱼儿，这也太凑巧了）。

"真不介意？"

"真不介意。"

"看来今天我得认真讲解，让你不虚此行，好将功补过。"

卓家新 _10

钱家染坊采"前店后院"的传统染坊模式（前院和中庭是工作和营业场所、后院则用来居住），此刻，钱婉儿和卓家新站在前院，空地上有许多木制的高耸架子，可以看到成片的布料在太阳底下晾晒，红的红、蓝的蓝、黄的黄、紫的紫，煞是好看！

"我猜红色是用石榴花染的，蓝色是用板蓝根，黄色是用姜黄，紫色是用紫苏。"卓家新说。

钱婉儿很是讶异，问他怎么知道？

"我读的是纺织工程专业，毕业论文的选题是《染织类非物质文化遗产的艺术特点》。之所以专程上这里来是因为听说钱家染坊不仅年代久远，还是这一行的翘楚。"

"翘楚不敢当，年代久远倒是真的，你若有疑问可提出，我会尽我所能地回答你。"

"我倒是有个疑问，请问怎样才能染出深黑色？是那种真正的黑，非蓝黑色。"

于是钱婉儿告诉他——把栗壳，莲子壳和乌桕加水煮开，捞出杂物后，再放入明矾、铁砂等与布一起熬煮，出来的颜色便是深黑色。

"我感觉你家的蓝色偏亮，除了板蓝根，还加入其他吗？"卓家新又问。

"回答这个问题前，我想知道你的录音笔能连续使用多长时间？"

"这个吗？"卓家新举起笔，"20个小时应该没问题。"

"挺好的，我也该买一支。"

"冒昧问一句，妳也是学生吗？"

钱婉儿回答不是，而是她忽然想到如果把一些有意义的声音录下来，未尝不是一种回忆。

"的确，"卓家新说，"但再怎么好的录音笔，录音效果也达不到百分百。还有，自己的声音和别人听到的截然不同，通过录音播放就知道了。"

"真的假的？"她问。

"……当……当然是真的。"他答（卓家新之所以慢半拍是因为钱婉儿说出小鱼儿的口头禅）。

等卓家新回过神来，他让钱婉儿对着录音笔说上一段话，接着回放给她听，以此证明自己所言不假。

"真的耶！我以为自己的声音没那么粗。"她说。

"还好啦！挺有磁性的，我喜欢！"

话一说出口，卓家新立刻后悔，因为这听起来很轻浮，所以赶紧亡羊补牢："对不起，我的意思是……"

"你的意思是你不喜欢？"

"也不是。"

"那就是喜欢啰！"

卓家新被她整得哑口无言，这要怎么接？还好钱婉儿适时解除尴尬。

"我回答你刚才的提问，"她说，"我家的蓝不是用板蓝根染出来的，而是用'蓼'，这是一种生长在水边的植物，染色前需要将叶子发酵，发酵后的蓼再和生石灰混合，这样染出来的蓝色会比较鲜亮，而且不容易褪色。"

卓家新 _11

11

钱家染坊的中庭由回廊和数个房间围绕而成，房间內有的放着染布器具；有的悬挂照片和文字说明；有的展示染料来源，包括花、草、茎、叶、果实、种子、皮、根……等。

卓家新不是忙着拍照、录相，就是问个不停。钱婉儿也很给力，有问必答。

"染色的方法有那么多种，其中有没有加入化学原料？"卓家新抛出第N个问题。

"这个你放心，钱家出品的布料绝不含任何化学物，所以不会对人体造成伤害。"

"这里的一锅可染几斤布？"

"约40斤。"

"收益好吗？"

钱婉儿顿时陷入沉默。

"对不起，问题太尖锐，我收回。"卓家新说。

"不用收回，我可以回答你——收入很不好。传统染坊虽然有其不可替代性，好比纯天然、色彩朴实、不重样等，但现代机器染布又快又便宜，对于'快餐文化'言，传统布染已经失去竞争力。不瞒你说，除了满足游客的好奇心，卖参观门票以增加收入外，钱家染坊基本硬撑着。"

卓家新没料到会是这个结果，一时竟无言以对。

"其实没你想的那么惨，应该算收支平衡，至少没负债。"她说。

"那就好。"

参观完中庭，卓家新看到"闲人勿入"的牌子。

"想必后面是私人住所。"他对钱婉儿说。

"是的。"她答。

卓家新下意识望过去，雕刻繁复的柱子和一扇扇棕黑色的雕花窗棂尽显江南民居的特色，与北方的绚丽色彩比，要朴实淡雅许多。

"此情此景，让我忆起欧阳修写的词《蝶恋花》，只是现在是初冬，而非春天。"

卓家新话一说完，钱婉儿即刻念出原文：

庭院深深深几许，杨柳堆烟，帘幕无重数。玉勒雕鞍游冶处，楼高不见章台路。

雨横风狂三月暮，门掩黄昏，无计留春住。泪眼问花花不语，乱红飞过秋千去。

卓家新眼前一亮，问她是不是喜欢古诗词？

"是的，我感觉古诗词有种说不出来的韵味，那种欲语还羞的美感很令人心动。"她答。

卓家新内心的那根弦立即被拨动，这是他第一次在现实生活中遇到同好。

钱婉儿接着表示还有另一首词也有异曲同工之妙，结果卓家新当仁不让地把李清照的《浣溪沙》念出来：

小院闲窗春已深，重帘未卷影沉沉。

倚楼无语理瑶琴，远岫出山催薄暮。

细风吹雨弄轻阴，梨花欲谢恐难禁。

"太好了！"钱婉儿嫣然一笑，"这是我第一次在现实生活中遇到同好。"

卓家新 _12

小鱼儿不喜欢古诗词，她说那些都是茅厕里的石头——又臭又硬。

"这个谚语是用来比喻人又坏又顽固。"卓家新说。

"真的假的？我还以为它是用来比喻古诗词。"

听到这个，卓家新连抬扛都懒，越扯只是浪费口水而已。

基于以上，也难怪卓家新遇到同样喜欢古诗词的钱婉儿会有"相见恨晚、深得我心"的感觉，而这种好感无疑是危险的，因为他和小鱼儿的关系正面临考验，是继续走下去还是一拍两散？谁也说不好。

卓家新 _13_

13

旅馆老板一见到从外面归来的卓家新就说："忘了告诉你——今天星期一，钱家染坊不开门。"

"我已经参观过了，还是钱家后人当我的解说员。"

"钱家后人？说的可是钱婉儿？啧啧啧……那个败家女！"

卓家新一听，仿佛被当头一棒，这是怎么回事？

旅馆老板遂解释钱家染坊是浣纱镇的名片，族谱甚至可追溯到一千多年前，可是他家的不肖子孙却为了钱，把技术传授给小日本，简直可恨至极！

传授给小日本？卓家新直觉不可能，因为今天钱婉儿才提到钱家染坊难以为继，如果真如旅馆老板所言，早赚得盆满钵满了。

"这可是钱婉儿告诉你的？"卓家新问。

"不需要她告诉我，我也会知道。"

这句话的解读是——旅馆老板是道听途说的。

卓家新不愿加入议人是非的行列（尤其议的还是钱婉儿），所以快速结束谈话，躲回房间内。

卓家新 _14

卓家新买的是大后天中午的火车回程票（意思是他还有两、三天可逍遥），既然已经拜访过钱家染坊，他不一定非得留在浣纱镇不可，但冥冥之中仿佛有一股力量将他留下，他思忖着如果多待两晚，旅馆会不会打折扣？

事实证明旅馆老板很抠，一块钱都不肯少。

眼下卓家新有两个选择——要嘛继续住，要嘛换旅馆。想到搬来搬去所耗损的时间和节省下来的金钱不成正比，他很快便打消换旅馆的主意。

次日，卓家新步出旅馆，随机拦下一位当地人，问附近有没有好点儿的早餐店？

"想吃豆浆油条就到阿兰那里去；想吃咸骨粥配小笼包就到嘉义那里去。"

"那么请问阿兰和嘉义在哪里？"

"阿兰离石虎饭店约五十米，很好找；嘉义在浣纱河下游，离钱家染坊不远，拐个弯就到了。"

卓家新知道石虎饭店，来浣纱镇的第一餐就是在那里解决的，但今早他不想吃硬梆梆的油条，他想吃咸骨粥配小笼包。

于是他沿着蜿蜒的浣纱河而下，边走边哼歌，显然，此时的卓家新心情大好，可是越接近钱家染坊，他反倒越畏缩（也是，倘若碰上钱婉儿该怎么解释？反过来说，如果没碰上钱婉儿，他也同样不好受）。

"哎！早知道就到阿兰那里吃油条配豆浆，省得我患得患失。"他心想。

嘉义早餐店并不难找，只是这家苍蝇馆子人太多，他等了好几分钟才抢到一个位子（还是跟人拼桌）。

正当他吃着咸骨粥和小笼包时，有人在他背后喊："你怎么在这里？"

卓家新转过头去，原来是昨天的少女。

"我吃早餐哪！"

"我的意思是——你不是只待在浣纱镇一天？"

"我……我……火车抛锚了，所以改成后天的票。"

"火车抛锚了？奇怪！怎么会抛锚？"

卓家新被问得很心虚，情急之下，他把锅甩给铁路局，说他们没做定期保养，导致火车抛锚。

"原来如此。"少女恍然大悟，"不过这也好，我正要给钱姐姐带粥，你也一起去？"

卓家新正愁没理由再上钱家染坊，没想到运气好，机会主动送上门，不过这不表示他没有疑问。

"为什么拉我一起去？"他问。

"因为你是文化人，钱姐姐也是，你们两个应该很有话聊，不像……"她忽然住嘴，"你不想去就算了。"

"我没说不想去，妳等等，我还剩几口就吃完了。"卓家新答完，立刻狼吞虎咽起来。

卓家新 _15

还是那条牛，也还是那个光头画家，不同的是今天的画家好像心情不错，他穿着干净的白衬衫和灰长裤，脸色比昨天红润，脚上还穿着皮鞋。

"今天不画了。"画家一看到少女就说。

"明天画吗？"少女问。

"以后都不画了，妳父母没告诉妳吗？"

"没。"

卓家新忽然想到一件事，遂问画家付钱了没？

"付什么钱？"画家反问。

"租牛的钱。"

画家答他就住在这里，难不成还会赖账？

卓家新答那可不行，既然从今天起不再租牛，那就应当现在结清，省得阿妹再跑一趟。

"你谁啊你？"画家扬起声，之前的喜气一扫而空。

"我是阿妹的表哥，放假过来探亲，是一名员警。"

画家一听说对方是个警察，气势立即弱了下来。

"我也没说不付。"他从口袋里拿出皮夹，抽出三张，"我跟她父母说好三百元包月，这还没用上一个月呢！算亏的了。"

三百元租一条牛也算合理，卓家新遂不再言语。

拿到钱的少女很开心，跟卓家新谢个不停。

"不用谢，这是妳应得的。"他说。

"当然得谢，要不是你，我可能白忙一场。对了，大学生可以当警察吗？"少女问。

卓家新猜想她的意思是"在校"大学生可以当警察吗？

"我只是一名普通的大学生，还没毕业，当然当不了警察。刚才之所以说谎是为了吓唬人，好比我也不是妳表哥。"

"嘻！我就知道你不是警察，哪有那么不凶的警察？"她答。

因为帮少女"讨债"成功，卓家新的地位蹭蹭蹭地往上冲，所以当钱婉儿来开门时，少女立即为"恩人"戴上好几顶高帽子，搞得卓家新很不好意思，赶紧解释自己只是顺便一提，不足挂齿。

"才不是呢！"少女睨了他一眼，"你就是那么好，谁嫁给你都会幸福！"

话音一落，整个氛围变得怪怪的，还好钱婉儿适时转话题，问少女："这粥是给我的吧？！"

"是的。"少女把粥递过去，"表哥今早也吃粥。"

"表哥？"

卓家新和少女相视一笑，尽在不言中。

"看来你俩有我不知道的秘密。"钱婉儿看了一眼腕表，"不好意思，我得先吃了，因为今天的解说员少了一个，吃完早餐我得先解决这个问题。"

少女立即插嘴，她说卓家新是大学生，肯定能当讲解员。

钱婉儿眼前一亮，但随即黯淡下来，因为记起卓家新今天走。

少女再次插嘴，表示火车抛锚了，所以卓家新把票改成后天出发。

"火车抛锚了？奇怪！怎么会抛锚？"

卓家新再次感到心虚，二度把锅甩给铁路局，说他们没做定期保养，导致火车抛锚……

钱婉儿不是懵懂无知的少女，她投来质疑的眼神，卓家新立刻低下头去。

沉默一会儿后，钱婉儿问卓家新可愿当临时解说员？

"我可以吗？"他问。

"反正该说的昨天我都说了，你照搬过来就是。"

就这样，卓家新接下一份"不期而至"的工作。

卓家新_16

16

卓家新以为解说员都是"外人"，哪知全是"自己人"，换言之，全姓钱。

"你就是代替阿昌的临时工？"一个看着没有七十，起码也有六十多岁的解说员问。

卓家新不认识阿昌，对"临时工"的称号也颇有微词，但为了省去麻烦，他点头称是。

因为这个话题，七大爷八大妈们开始指责阿昌，说他没定性，三天打鱼，两天晒网，这哪成？巴巴啦、巴巴啦……

"要不，你别当临时工了，就转为正式吧！"一个把头发挽成髻的女人对卓家新说。

"我……恐怕不行，我还在读大学。"他答。

因为这个话题，七大爷八大妈们开始讨论起大学生的薪水，总结的结果就是一天50元的工资肯定留不住人（连高中毕业的阿昌都留不住，何况大学生？）。

卓家新这才知道解说员的日薪是50元，也就是说即使染坊天天开放给游客参观，1500元的月薪仍是艰难的，这大概就是钱家染坊之所以雇用自家人的缘故吧？！

就这么东拉西扯，时间过得飞快。等十点一到，一个瘸了一条腿的男人去开门（他同时也是剪票员）。

游客三三两两地进来，解说员轮流上前招待，卓家新是最后一个，眼看已经责无旁贷，只能硬着头皮上。

"你家的布没有谈家染得好。"一名游客对卓家新说，听着难免逆耳。

卓家新知道谈家染坊，一年多前他曾参观过，里面的建筑是典型的川西民居风格（稻草屋顶+栅栏木门+泥巴矮墙），经营模式也是"前店后院"式，整个染坊充满复古的气息。

面对游客的"挑衅"言辞，卓家新不卑不亢地答："只要在染料里加入少许化学物，调出来的颜色不仅多，而且亮，看起来的确比较赏心悦目，但钱家染坊坚持零添加，相较之下，颜色种类少，色彩也偏暗，就看您怎么选择。"

"当然纯天然的好，"另一名游客开口，"化学物难免伤皮肤，我就是过敏性肤质，这提醒我待会儿可以买几件纪念品回家。"

当卓家新告知钱家染坊不设纪念品商店时，那名游客很吃惊，直言怎么会没有？太不与时俱进了！

游客的话让卓家新铭记在心，他打算趁午休时跟钱婉儿沟通一下，结果届时却不见伊人身影（事实上，打从开门营业起，她便消失了）。

"也许染坊关门前再找她一谈吧！"卓家新想着。

卓家新 _17

17

钱家染坊的关门时间是下午五点，送走最后一批客人后，卓家新依然没见到钱婉儿。

"喏！这是你今天的工资。"其中一名解说员说，然后递给他一张红票子。

"怎么是100元？"卓家新问。

"婉儿说你是大学生，又是救急，理应多给点儿。"

"不需要，"卓家新忽然灵光一闪，"她在哪里？我跟她说去。"

那人答阿昌得了急性阑尾炎，他们还以为他又偷懒了，没想到真病了……

"我问的是钱婉儿在哪里？"

"不是说了吗？阿昌病了，婉儿去照顾他，当然在医院里。"

原来是这个意思！

卓家新看着手中的一百元，忽然感觉受之有愧，因为他是新手，新手上任肯定有不周到之处。再说，钱家染坊经营困难，他不能"趁火打劫"（拿双倍工资）。

"你能给我钱婉儿的手机号吗？我有事跟她说。"卓家新问。

结果那人果断拒绝。

卓家新想想也对，自己是八竿子打不着的外人，警惕心还是得有。

"那么你问她需不需要我明天再过来帮忙？毕竟阿昌病了，不是吗？"

那人想想也对，于是拿出手机拨打。

"婉儿说如果你愿意帮忙最好，二嫂后天才到。"那人挂机后说。

卓家新猜想这个二嫂应该是来接替阿昌的，既然她后天才到，染坊明天肯定缺人。

"好，我明天过来。"他答。

卓家新 _18

今天是第二天当解说员，卓家新明显感觉到自己的进步，不说口若悬河，起码能应答如流。

"叔叔，那个人是你吗？"一个小男孩指着墙上其中一张黑白照，"好像啊！"

卓家新转头一看，果然有七分像。

"看着是有点儿像，"孩子的母亲对自己的孩子说，"但肯定不是，因为那是一张老照片，如果那个人还在，应该是老爷爷了。"

卓家新附合，同时称赞孩子的眼力真好，将来可以当飞行员。

"跟我爸爸一样。"那孩子答。

"你爸爸是飞行员？"卓家新问。

"不是，我爸爸在飞机上工作。"

孩子的母亲立即做出解释，原来孩子的爸爸是空服员。

听到这个回答，卓家新下意识往人群里搜寻。

"他今天有事，没来。"孩子的母亲主动说明。

也是，今天的游客里没一个长得像空少（就是那种身材瘦高且长得白净的男人），倒是孩子的母亲挺有空姐范——身材高挑且貌美如花。

带完五批客人后，卓家新被告知轮他吃饭去。与昨天不一样，今天他被允许进入私宅的餐桌上用餐，而非捧着碗，蹲在某个角落吃。

不讳言地说，虽然钱家染坊的私宅初看很贵气，但进入后，卓家新还是发现不足之处，好比采光差、墙面脱皮、空气中有股潮湿的霉味等。

"汪汪汪……汪汪汪……"

突来的狗叫声吓了卓家新一跳，带他的妇人解释："家里养狗，一向拴在后院，逢周一才放开。你是陌生人，狗大概闻到你身上的气味才叫，平常是不叫的。"

卓家新有不一样的看法——加加和欣欣是闻到他的气味没错，但应该是兴奋所致，而非警告。

紧接着，妇人带他走过一条长长的走道（显然不是通往后院，因为狗吠声越来越弱），拐个弯后，来到厨灶旁边的餐厅，此时桌上摆着三菜一汤，菜虽剩下不少，但都冷掉了。

"锅里有饭，自己盛。"妇人说。

卓家新不喜欢吃冷菜冷饭，所以寻思着该不该到附近的餐馆用餐，此时钱婉儿出现了。

"你吃了吗？"她问。

"还没。"。

"那我们一块儿吃。"

"好。"

钱婉儿一坐下便大口吃饭，似乎不介意饭菜的温度，但卓家新是在意的，所以不仅吃的少，速度也慢。

"阿昌还好吗？"卓家新问起。

"你也知道他得了阑尾炎？"

"嗯！"

"已经动完切除手术，问题应该不大。"

问完阿昌，卓家新把游客的反馈说出来。

"我也曾想过卖纪念品，但最近忙着和日本公司洽谈生意，所以耽搁下来了。"她答。

通过进一步的谈话，卓家新了解到有家日本公司想采购钱家染坊的布料（用以制作手工艺品），但卡在价格上。钱婉儿认为太低了，等于做白工，日本方面则表示如果不按出价成交，他们宁愿向别处购买。

"我猜别处也接受不了那个价格，所以他们又回头找我了。"钱婉儿直白地说。

"日本公司制作的都是哪类产品？"卓家新紧接着问。

"就是一些家庭摆饰，好比大象、狗熊等，也有实用性的，像是纸巾盒、围裙或相框之类。"

卓家新说既然价格谈不下来，何不改成合作关系？由钱家染坊提供布料，对方制作完毕后交付一部分，如此一来，纪念品店的东西就全搞定了。

钱婉儿一听大喜，这的确是个好法子，双方各取所需，实现双赢！

"太谢谢你了！吃完饭我就联系日方。"她眉开眼笑，"你可真是我的贵人！"

卓家新还想说什么，结果自己的手机忽然铃声大作，一看，是小鱼儿打来的。

"不好意思，我接个电话。"说完，卓家新迅速起身离开。

卓家新 _19

19

"你在哪里？"小鱼儿问。

"我在搜集论文资料。"

"都那么多天了，还没搜集完？"

"今天刚搜集完，明天回去。"

"既然搜集完了，你现在就回来，我等你！"

"不行，我在浣纱镇。"

"浣纱镇？那是个什么鬼？"

小鱼儿是台胞，不怪她没听过浣纱镇，于是卓家新耐着性子解释浣纱镇是江南古镇，也是民间染坊的代表……

"江南？你跑到长江以南干嘛？"

"搜集论文资料。"

"都那么多天了，还没搜集完？"

话说到这里，卓家新觉得心累，再这么扯下去，永远也扯不完。

由于卓家新忽然不再言语，小鱼儿小心翼翼地问："你怎么了？还活着吗？"

"还活着，但如果你一定要我现在回去，那就不好说了。"

"好啦！我允许你明天回家，不过为了将功补过，到时候你一定得给我一个大惊喜，让我开心得跳起来的那一种。"

小鱼儿喜欢惊喜，这个不难实现，因为她很容易被取悦，哪怕送的是气球，她也会高兴得唧唧叫，像只小老鼠似的，问题是现在的卓家新已经对这一套失去兴致，感觉像过家家，挺幼稚的。

"我挂了。"他说。

"为什么？"她问。

"手机快没电了。"

"那你充完电打给我。"

卓家新的手机电量其实还有70%，这么说是为了结束无趣的谈话，何况钱婉儿还在等他，他不能让她等太久。

挂上电话后，卓家新走回餐厅，结果发现钱婉儿原本坐的位子上已经换人了。

"吃了吗？"那个瘸了腿的大叔问。

"吃了。"

得到答案后，那人不再说话，专心吃饭。

卓家新心想钱婉儿应该是找日本公司去了，她方才不是表示吃完饭就联系日方吗？也许稍晚再跟她要手机号。

结果直到钱家染坊关门谢客，钱婉儿还是没出现。

"喏！这是你今天的工资。"其中一名解说员递过来一张红票子，"明天不用来了，我们已经有人手了。"

这个人手想必是二嫂，他早知道了。

"明天我也不能来，因为得回学校上课。"卓家新像澄清什么似地做出解释，毕竟被拒绝很没面子。

"你是大学生？"那人问。

"嗯！"

"如果不是为了这个家，婉儿现在也是一名大学生。"

这句话像个引子，勾起卓家新的好奇心，他忙问详情，这才知道钱婉儿曾考上某大学的中文系，因父母意外去世，哥哥又对家族事业不感兴趣，为了不让钱家染坊从此划上句号，她不得不挑起大梁，果断放弃读书的机会……

听说钱婉儿的遭遇后，卓家新立即有两种情绪涌上心头：

1、心疼她。

这年头，大学学历好像是标配，很多公司用人都指定要大学学历以上，意思是如果钱家染坊被迫关门，她想找个"坐办公室"的工作基本找不到。

2、钦佩她。

爱古诗词而选择中文系，不因冷门而放弃。哪像他，虽然文科才是强项，但为了满足父母的期望，还是选择相对好就业的理工科。

. . .

"如果让我重新选择，我也会选择中文系。"卓家新喃喃道。

"哈哈哈……中国人都懂中文，学那个做什么？"那人问。

卓家新苦笑，夏虫不能语冰，指的不正是这个？话说回来，人海茫茫，同好难觅，只要钱婉儿能懂（她一定懂）就行，至于别人懂不懂，已经无关紧要。

卓家新 _20

次日，卓家新决定吃完早餐再离开浣纱镇，但吃什么好呢？他想起当地人推荐的阿兰和嘉义，前者卖油条豆浆，后者卖咸骨粥和小笼包。既然咸骨粥和小笼包已经吃过，他应该尝新才对，但卓家新还是舍弃油条豆浆，原因很明显——嘉义早餐店离钱家染坊近，拐个弯就到了。

与两天前一样，这家苍蝇馆子仍然大排长龙，他等了好几分钟才抢到一个位子，不同的是这次少女没喊他，所以少了上钱家染坊的借口。

卓家新退一步想，虽然钱家染坊十点才开门，不过凡事都有例外，也许今天提早了也说不定（若真像所想的一样，他就能跟钱婉儿道别，同时交换彼此的联系方式），然而奇迹并没有发生，钱家染坊的大门依然紧闭着。为了不错过火车，他只能怀着惆怅离去……

就在回旅馆的路上，卓家新发现沿河商铺多了一张新面孔。

"奇怪，几天前经过时还是一家已歇业的绣花鞋店，怎么一眨眼的工夫就成了茶馆？"他边嘀咕边走近立在茶馆前的人字板，接着默念，"凡以神仕者，掌三辰之法，以犹鬼神示之居，在女曰巫，在男曰觋。"

基于多年的写作功底，卓家新懂得人字板上所写的意思，也懂得"觋"字该怎么念，不懂的是为什么会有人在民风淳朴的镇上搞这玩意儿？在他看来，这类新奇的主题店应该开在大城市才有卖点。

"等等，我想起来了，梧桐路上也有一家类似的店，叫……叫'巫觋咖啡馆'，莫非这两家是关联店？"

这个被唤起的记忆激起卓家新的好奇心，他想着何不一探究竟？然而门却推不开。

"搞什么？没营业挂什么'营业中'的牌子？"卓家新很恼火，感觉自己被愚弄了（这已不是第一次被愚弄，几个礼拜前他也曾被梧桐路上的巫觋咖啡馆拒之门外）。

虽然生气，但没一会儿工夫他便将此事抛在脑后，因为还有更重要的事要应付，好比"准岳父"正等着他的回复，而他还不知如何作答。

卓家新 21

21

几日前，在开往浣纱镇的火车上，卓家新曾查询"台湾黑帮"，发现其组织几乎遍布全岛，不仅包办"毒赌黄"，还与香港14K党、日本赤军旅、美国华青帮等有联系。

为什么查这个？因为从外表、气势和谈吐来看，小鱼儿的父亲都像是在道上混的，只是不知隶属于哪个帮派？还有，位置高到什么程度？不过不知道也好，不是有句话叫"不知者无罪"吗？他极需这个借口护身。

是的，卓家新感到害怕，他的父母都是公职人员，他本人虽不是年年三好学生，但向来循规蹈矩，连垃圾都不敢乱扔，所以忽然获知女友"可能"是黑帮千金时，其震撼不在话下。

老实说，这不能怪卓家新识人不明，因为小鱼儿一没纹身，二没口吐芬芳（骂脏话），三还特别孩子气，这样的人又怎会和黑道有任何干系？

"你回来了，"小鱼儿立即给了卓家新一个熊抱，"我想你了。"

身为男友，卓家新理应热情回应，但他没有，反而推开小鱼儿，胆战心惊地问："妳爸呢？"

"我爸回台湾了，今天一早的飞机。"

卓家新不禁长舒一口气，仿佛虎口余生。

"瞧你，"小鱼儿捧住他双颊，"吓破胆了？"

"我是吓破胆了，还以为妳爸要砍我三条腿。"

"是两条腿才对……等等，你好色哦！"

话是"准岳父"说的，卓家新不过是照搬过来而已。不讳言地说，这个"第三条腿"的隐喻曾让他双腿打颤、寒毛卓竖。

"你爸什么时候还会再来？"他忍不住问。

"等他解决完公事。"

这个"公事"让人浮想联翩，同时也提醒卓家新"好日子"所剩不多了。

"我的惊喜呢？"小鱼儿忽然问。

"什么惊喜？"

"讨厌！"小鱼儿捶打他一下，"你答应过给我惊喜。"

"这个算不算？"

卓家新递交出去的是一组黄铜镂空折扇书签，看起来很雅致。

"哇！扇子。"她拿起有粉红色流苏的那一个，"怎么这么小？"

"这是书签哪！我的小祖宗。"

"书签？我还以为是扇子呢！"

小鱼儿的心思就是这么简单，如果换成钱婉儿，她肯定不会问这么白痴的问题……

这个一闪而过的念头让卓家新颇为震惊，原来不知不觉当中，他已经把两个女人拿来做比较，并且更倾向后者。

"小鱼儿，待会儿我们出去吃饭。"卓家新像补偿什么似地说。

"好呀好呀！吃什么？"

"吃……臭豆腐。"

"你不是不喜欢吃，连闻都不敢闻吗？"

"但妳喜欢吃，我看着妳吃就好。"

因为这个回答，小鱼儿抱紧他，久久不肯松手。

"不会吧？！这样就感动了？"卓家新问。

"讨厌！"她又捶打他，"都是你啦！害我的妆花了。"

原来小鱼儿还哭了。

这么心思单纯且泪点低的女人会是黑道大哥的女儿吗？

卓家新再次感到困惑。

卓家新 -22

22

吃完臭豆腐，小鱼儿提议去吃烤猪脑。

"妳不是不喜欢吃，连闻都不敢闻吗？"他问。

"但你喜欢吃，我看着你吃就好。"

小鱼儿就是这么体贴人！吃学校食堂时也是，她总点卓家新爱吃的菜；当然，卓家新也不忘投桃报李，饭后甜点不是养乐多就是优酪乳，全是助肠胃又不长胖的，符合小鱼儿的"养生"需求。

吃完烤猪脑，卓家新说想到电子商城逛逛，小鱼儿当然作陪，就在三楼的某个摊位上，卓家新买下一个据说是日本进口且高清降噪的录音笔。

"你不是已经有一支了？"小鱼儿不解地问。

"这是帮朋友买的。"

"朋友？哪个？"

"说了妳也不认识。"

卓家新买录音笔是为了送给钱婉儿，因为她给的日薪太高了，卓家新打算用这个方式抵消掉。

"看来你的朋友挺有钱的，这支笔要价八百元呢！"小鱼儿说。

"她想录一些有意义的声音作纪念，也许一辈子就买这么一个，用好一点儿也说得过去。"

"ta？这个ta是人字旁的他还是女字旁的她？"

卓家新没料到会被问到这个问题，犹豫了一下才答人字旁的他。

"那买好点儿是对的，我听说有些男孩子不买则已，一买一定要称心如意，你的朋友大概属于这种类型。"她答。

欺骗心无城府的小鱼儿让卓家新感到惭愧，他快速转换话题，好减轻内心的负罪感。

当日夜里，小鱼儿主动靠过来，卓家新抱了抱她，说："宝贝儿，我累了。"

"那你睡吧！我们抱抱就好。"

如果小鱼儿不是那么善解人意，卓家新大可挑刺，然后甩门而出，偏偏他挑不出刺来。

"晚安，宝贝儿。"他说。

"晚安，我爱你。"她答。

卓家新 -23

23

卓家新开始有意疏远小鱼儿，回家的时间也越拖越晚，还有，他不再主动亲热，即使"被迫打卡"，也往往敷衍了事。

事情都已经做得如此明显，可是小鱼儿依旧大大咧咧的，仿佛一切如常。

"老公，"小鱼儿坐下，拿起遥控器换了电视频道，"元旦我们到哪里玩？"

体育频道变成了HBO，卓家新也很无奈。

"元旦我得回老家一趟。"他答。

卓家新早计划趁着元旦假期（连着周末，足足有三天）把录音笔送出去，好了了心愿。

"再过一个多月就是农历春节了，到时候再回去岂不正好？"小鱼儿问。

"我还想顺道搜集资料。"

"浣纱镇？"她问。

"……嗯！"

得到答案后，小鱼儿不再说话，这让卓家新很是忐忑，莫非她察觉到什么？

"哈……哈哈哈……笑死我了！"她捧着肚子，"不行，我笑得眼泪都出来了。"

卓家新顺着她的目光望过去，电视上播放的是洋片，从衣着上看，像是英国维多利亚时代，色调偏灰蓝，一看就是古典文艺片，可是小鱼儿却把它当成爆笑片看。

"妳……还好吧？！"卓家新小心翼翼地问。

"很好啊！干嘛这么问？"

"没什么，就是问问。"

当日夜里，卧室內的氛围被经营得很诡异，又是鲜花，又是香味蜡烛，床上还躺着一个衣不蔽体、姿态撩人的小妖精。

卓家新心想今天不是小鱼儿的生日，也不是自己的生日，难道是情人节？……不对；相恋两周年？……也不对；第一次亲密接触纪念日？……更不对。

正当卓家新杵在那里凌乱时，小鱼儿将他拉上床，又是亲吻，又是抚摸，而且脸上荡漾着春情，像个不要脸的荡妇！

卓家新何曾见过这种场面？一时没把持住，他……早泄了。

"没事，"小鱼儿亲吻他，"你已经尽力了。"

这个评价还不如不评价，卓家新瞬间羞愧到了极点。他翻过身去，好掩饰内心的尴尬。

半夜，卓家新听到断断续续的哭声，因为被刻意压抑，反倒显得格外凄凉。

"小鱼儿还是在意我的床上表现，只是没说出来而已。"卓家新下结论。

一个星期后，卓家新背着登山包走过客厅，正在看电视的小鱼儿喊住他，问："你回家不带点儿东西给你爸妈？"

"不用了，他们什么都不缺。"

小鱼儿起身走向他，边帮他整理衣领边问："你朋友要的录音笔带了没？"

卓家新的心喀噔了一下，纳闷她为什么要在这个时间点提这个？

"带了。"他弱弱地答。

"带了就好。"她凝视着他，似有千言万语，"我等你回来，多晚都等。"

卓家新-24

24

小鱼儿知道了，虽然卓家新不清楚她知道多少，但肯定不是一无所知。

这个发现让卓家新忆起自己小时候曾为了隐藏一张考坏的卷子而煞费苦心，可是一旦东窗事发，他反倒心安，因为不会再坏了。对照眼下的情况，简直如出一辙，他不禁松了口气（戳破那层窗户纸后，现在就只剩如何"和平分手"的问题了）。

下了高铁后，卓家新直奔浣纱镇，那穿镇而过的河道、那雕刻精致的石拱桥、那傍水而筑的民居、那长着青苔的石驳岸……依旧，甚至连空气中的味道也与记忆中一模一样，刹那间，他有重回故里的感觉。

"又是你！这次住多久？"旅馆老板问。

"两晚。"

"是不是找到相好的？否则怎么才过一个多月又造访，怪怪的呦！"

"没有的事，我是为了完成毕业论文才又上这里来。"

"这次该不会又上钱家染坊了吧？！他家元旦可不开门，你不会不知道吧？！"

卓家新还真不知道，同时心生疑问——元旦假期是游客最多的时候，怎么不开门？

旅馆老板答这个得问钱婉儿，她是掌门人，想什么时候开就开，想什么时候关就关，全凭她一句话。

办完入住手续，卓家新一扔下登山包便出门，他想知道事情是否真如旅馆老板所说那样，结果不幸言中（元旦假期不营业的通告就贴在钱家染坊的大门上）。

卓家新不免气馁，大老远跑来却见不到人，这不挺糟心的？

好几次他想上前敲门，连开场白都想好了（她多给了工资，于是他用一支录音笔抵消掉，这样就两不相欠了），但最终还是放弃，因为任何人都听得出这个上门理由太过牵强，哪有人会为了送笔，亲自跑那么一趟远路？

"等我想好理由再说吧！这么冒冒失失地上门，恐怕会被误会别有居心。"卓家新心想。

浣纱路上
的卓家新……

卓家新意气消沉地走回旅馆，沿途的秀丽风景一下子变黑白，像极了相片胶卷。

"凡以神仕者，掌三辰之法，以犹鬼神示之居，在女曰巫，在男曰见。"一个仍穿着冬装，但领口露出卫生衣的男人念完，将目光投向门头招牌上的四个大字，"巫见茶馆。"

卓家新走过去，告诉他那个字不念四声jian，而是二声Xi，上面已经标注了。

"歹势！我是台胞，看不懂国内拼音。"

"原来是台胞！我知道你们使用注音符号，连英文拼音也跟国内不同。"

"厚！你好厉害，去过台湾轰？"

卓家新回答没有，而是他的女友来自台湾。

"原来是台湾女婿，失敬失敬。走！我们进这家茶馆喝茶，我请客！"那人说。

久闻台湾人很热情，今日一见，至少证明眼前人是个人来熟。

"不了，这家茶馆好像不营业。"卓家新说。

"真的假的？门上不是挂着'营业中'的牌子？"

"不信你推推开。"

那人真的去推茶馆的雕花木门，果然推不开。

"干嘛酱？！既然不营业，挂什么'营业中'的牌子，一整个都被它打败！"

台胞说中了卓家新的心里话。

"浣纱镇还有另外一家也可以喝茶。"卓家新指向右手边，"你往前走约三百米有一座石虎桥，过桥就是石虎饭店，这家饭店提供各类茶水，很好找。"

"行，那我们去那家。"

"歹势！"卓家新使用台湾人惯用的词语，意思是不好意思，"我还有事要忙，今天就不喝了。"

台胞离开后，卓家新本来打算往下塌旅馆走去，然而冥冥之中似乎有股力量将他拉回来。

"真的推不开吗？"卓家新站在巫觋茶馆前自言自语。

这家茶馆的门面由四扇实木雕花门板组成，中间两扇能开启，另外两扇是固定的。由于门板不做镂空，从外面自然看不到里面，这更添加几笔神秘的色彩。

此时，茶馆内传来奇怪的声音，听着像是"欢迎光临"。

这勾起卓家新的好奇心，他伸手一推，门开了。

"不会吧？！这也太神奇了！"他猛然想起，"对了，台胞！"

卓家新本来打算去追台胞，告诉他巫觋茶馆终于开门营业了，没想到"欢迎光临"的声音再度传来，只是这次听起来正常许多，还带着软糯婉转的声调。

卓家新益发感到新奇，遂放弃追人的想法，一脚跨进茶馆……

卓家新对茶馆的初始印象来自老舍的同名电视剧，剧中的茶馆很简陋，只摆了几张陈旧的桌子和条凳，供应的食物相对粗糙，泡茶的大铜壶整天冒着热气，馆内人声鼎沸、空气污浊……

可是当卓家新一踏入巫觋茶馆，他的观感立即产生天翻地覆的变化，因为这一点儿也不像茶馆，反倒像是杂货铺（而且还是个奇怪的杂货铺）。瞧！草药、石像、佛头、羽毛、龟壳、稻草人、动物头骨、蛇皮、符咒、装有各色液体的瓶瓶罐罐……等，不一而足。

"欢迎光临！"奇怪的声音三度响起。

卓家新寻声望过去，发现尽头处有个木梯沿着墙面向上，木梯底下则有个鸟架，一只黑色八哥就站在鸟架上。

"原来是这个家伙！"卓家新走过去，目不转睛地凝视着它，"Hello."

"Hello." 八哥答。

"你好。"

"你好。"

"我爱你。"

"我爱你。"

看来这只八哥的主人没少训练它，于是卓家新又说："这不是茶馆。"

没料到八哥却答："这是茶馆。"

卓家新不信邪，又说了一遍，八哥依旧回答这是茶馆。

"那么你倒是告诉我哪里能喝茶？"他问。

"楼上。"

这个答案提醒卓家新他还没上楼，也许楼上真的是茶馆也说不定。

"你最好别骗我，否则我将你碎尸万段。"说完，卓家新扬了扬拳头。

那只黑色鸟听完恐吓，拍拍翅膀从木梯旁的窗口飞出去……

卓家新上到二楼，与一楼的砖造结构不同，这里是木结构，前后都有窗，所以采光极佳（说是窗，其实就是一块不透明的木板往外推去，再用木棍撑起）。除此之外，这里的陈设也颇有中式禅味，譬如墙上挂着几幅山水画，博古架上则有各式各样的陶瓷制品和多本古籍，地上摆放着几盆绿植，陶缸里还养着鱼……

与楼下一比，这才是茶馆该有的样子，只是极目所见只有一张板桌和两条板凳，莫非茶馆只接待一组客人？

正当卓家新大惑不解时，一个穿着大红旗袍的女子上楼来，年纪看上去有一些，但风度极好，予人蕙质兰心的感觉。

"妳好，这是……茶馆？"卓家新不确定地一问，顺便也解释了自己为什么会出现在这里。

"是的，请坐！"她答，声音很轻柔。

眼下只有一张桌子，毫无疑问，卓家新只能坐那里。

"您喝什么？"女子问，然后递过来一个四方托盘，上面有好几个绿头牌，牌子上分别写着茶名。

这让卓家新联想起古时候皇帝翻牌子（翻到哪个妃子的牌子就宠幸谁），他忍不住笑出声来。

"是很像皇帝翻牌子，"女子也笑了，"您把想喝的牌子翻面就是。"

卓家新把每个牌子都看过一遍，最后选择台湾冻顶乌龙茶。

"您知道冻顶和非冻顶的差别吗？"女子问。

"不知道。"

"冻顶乌龙茶是台湾乌龙茶的一种，主要产于台湾省南投县鹿谷乡的冻顶山，茶的外观呈条索状，茶汤为蜜黄色，香气比非冻顶更足些，滋味醇厚且回甘。"女子停顿了一下，"其实您选它是因为'台湾'二字，跟是不是冻顶，乃至是不是乌龙茶都无关。"

卓家新的心喀噔了一下，这的确是实情，但女子是如何知道的？

"因为您的目光停留在'台湾'两字的时间最长，我由此判断出来。"她答。

这下子卓家新更加迷惑，莫非眼前人有读心术，否则怎会知道他心里的疑问？

该女子倒没有进一步说明，而是给了他一个意味深长的微笑，然后下楼去。没多久，她捧来一杯呈琥珀色的茶水，扑鼻的香气高雅如兰花。

卓家新接过后啜了几口，果然茶味浓厚且带着蜂蜜的微甜。

"味道如何？"女子等了一会儿后才问。

"赞！"卓家新比出大拇指，"这茶喝起来很舒服。"

女子随后坐下，捡起他喝过的黑砂釉面陶瓷杯察看，说："我以为您至少会喝完一半。"

"很烫哪！"

"没事，这样看得更清楚些。"她的眼光没有离开茶水，"她在哭，哭得很伤心。"

卓家新问谁在哭？女子没回答，反而说她还看到另一个女人在笑……

"妳能从茶水里看到两个女人？"卓家新问，感到很不可思议。

"正确地说，是您喝过的茶水告诉我这两个女人正左右着您的情绪。"

的确有两个女人正左右着卓家新的情绪，然而这么隐秘的事怎么会通过一杯小小的茶水给泄露出去？

"茶水有没有告诉妳——我不是个好糊弄的人？"卓家新问。

"我没有糊弄您，"女子抬起头注视他，"那个哭泣的女人和一个手臂上有刺青的男人起争执，她还说是那个男人吓走了你。"

手臂上有刺青？说的可是小鱼儿的父亲？

"她……他们两人还好吗？"卓家新问。

女子再次望着茶水，说："不好，锅碗瓢盆齐飞。"

在卓家新的印象中，小鱼儿不是"惯用武力"的人，看来这次她是动真格的，而且把过错都推到她父亲身上。

"其实……"卓家新突然住嘴。

"您说，我听着。"

"没什么。"

"您不说，我也知道您的心已经动摇了。"

眼前的女人不过是初次见面，可是却次次说出卓家新的心声。

"我是动摇了，"他索性敞开了说，"她父亲没看上我，家父和家母的职业又比较敏感，从各方面衡量，也许分手对我和小鱼儿来说都好。"

"还有呢？"

"没有了。"

"那个让您动摇的女人只有高中文凭，您确定您的父母会接纳她？"

听完，卓家新开始后怕，怎么这个女人什么都知道？

"别怕，我也有不知道的事，好比您嘴里说分手也好，但说到小鱼儿三个字时，我却接收到不一样的信号。"

现在卓家新已经顾不上这个女人为什么连他害怕什么也知道，忙问："什么信号？"

"爱的信号。"

卓家新摇摇头。

"不对吗？"女子问。

"我摇头是因为我也不清楚自己是怎么想的。"

此时"哑"的一声传来，吓了卓家新一跳。

"那是我的助理，名字叫奥奇。"女子解释。

话音一落，叫奥奇的黑色鸟衔物飞过来，在室内盘旋几个来回后，一个拇指粗的石像从鸟喙里掉出来，正好落在板桌上（卓家新认出这只鸟正是楼下那只八哥，还有，石像也来自楼下，因为上面刻有男女交媾的画面，所以印象深刻）。

"谢谢你，奥奇。"女子对它说。

然后鸟儿飞出窗外，一下子便失去了踪影。

接下来女子聚精会神地凝视着石像，像要将它看穿了似。

"请问……"

"嘘！别打扰我工作。"

于是卓家新闭上嘴巴。

"亚译弼萨……落甲油胶……孔通牙米微……亚译弼萨……落甲油胶……孔通牙米微……"女子将双手置于石像上方，同时反复吟唱着。

过了好一会儿，女子才停止这个怪异的举动，然后以笃定的语气说："让您动摇的女人就在附近。"

"附近？"卓家新左顾右盼，"哪里？"

"您看看窗外。"

听到这个提示，卓家新先走向西向的窗子，看到的是邻近住户的屋顶以及高傲地站在风火墙上的奥奇，哪有人影？于是他往东向的窗子走去，这次他看到涓涓细流的浣纱河与三三两两的路人，而路人之一正是钱婉儿，她挽着一个男人的手，脸上洋溢着幸福的笑容。

卓家新往后一退，离开了窗口。

"看到了吗？"女子问。

"看到了，那是她哥哥。"卓家新重新坐下，"她哥哥对家族事业不感兴趣，所以钱婉儿不得不挑起大梁，果断放弃读大学的机会。"

"原来她叫钱婉儿。"女子微笑，"您说那男人是她哥哥，那就权当是。"

卓家新忽然来气，质问她为什么笑？还有，难道那男人不是钱婉儿的哥哥？

"我说了——您认为那男人是她哥哥，那就权当是。"

卓家新之所以生气是觉得自己傻，钱婉儿颜质佳，体态好，谈吐也不俗，这样的可人儿怎么可能单着？

"对不起，我太情绪化了。"卓家新说。

"没事。"

"那……我走了。"他忽然想起，"啊！差点儿忘了，我还没买单呢！"

女子表示等农历七月七日时再一块儿付吧！

"届时我不一定上浣纱镇。"他答。

"相信我，您一定会再来。"

既然店主执意不收钱，卓家新便起身告辞。

走出店外，四周围的人明显多了起来（与进茶馆前的萧条景象呈强烈对比）。他下意识在游人如织中寻找钱婉儿，可是这会儿哪还有伊人的倩影？

卓家新神情落寞地走回旅馆，此时若办理退房，已付的房费大概是要不回来了，但此刻的他连多待一分钟都觉得难受，只想快快走人。

"茶馆主人说错了，今生我是不会再踏足浣纱镇，看来她的茶资收不回来了。"卓家新心想。

第二位客人：
沈文倩

沈文倩 _1

I

沈文倩的老公是飞国內航班的空服员，身材瘦高且皮肤白净，一天洗两次澡，指甲总修剪得整整齐齐的。

"你今天飞哪里？"早餐桌上，沈文倩问老公安柏熙。

"杭州，大后天回。"

交朋友那会儿，不管飞哪个城市，安柏熙不是当日回就是次日回，但唯独厦门不一样，总得逗留两晚或以上，这种现象一直到婚后才有所改变，但也只是从厦门改为杭州，而且一改就坚持至今。

沈文倩虽有不解，但没有纠着此事不放。

"爸爸，昨天我告诉老师要到埃及看金字塔。老师说如果是她，她会选择去纽约看自由女神像。"他们的6岁儿子安在哲说。

"小哲，"沈文倩把解释的工作揽下，"纽约11月底开始下雪，很多地方会因此关闭起来，所以还是去看金字塔好，那里的冬天是一年当中最舒适的季节，还有很丰富的历史遗迹，你会喜欢的。"

由于空乘员的工作性质特殊（上4天休2天），他们全家很少出远门。如今儿子已经足够大了，而老公恰好又有12天的带薪年假，所以沈文倩一早做了出国计划，并且日夜赶工，好将手中的插画工作做个了结，以便快乐度假去。

"倩倩，"安柏熙咳嗽两声，"妳先别订我的机票哈！"

"为什么？"

"因为我是空乘员，也许能免费搭乘。"

"那我等你给个准信再订机票和酒店。"

结果这么一等，错过了打折力度最好的时候，而更加让沈文倩抓狂的是老公竟然决定利用公司年假去担任童子军活动的义工。

"安柏熙，"沈文倩急红了眼，"小哲等待这趟旅行已经很久了，你忍心让他失望？"

"我也是最近才知道他们在招义工，否则早说了。实话告诉妳，从小我就想当童子军，虽然错过了，但担任义工也好，算是了了我的心愿。"

沈文倩不死心，又游说了一番，结果安柏熙依然坚持己见，她只好退一步，把儿子也塞进童子军的队伍中，这样父子俩至少有相处的机会。

"不行，小哲太小了，他们不收那么小的孩子。"安柏熙关了床头灯，"要我说，妳带着小哲去看金字塔不就完事了？何必把简单的事情给搞复杂了？"

听到这么不负责任的言论，沈文倩气得全身发抖，现在才让她订机票和酒店，岂不贵上天？还有，三个人的亲子活动硬生生变成两人，他们又不是单亲家庭，这对她和孩子来说都太残忍了！

沈文倩越想越愤怒，越想越自怜，越想越不值，泪水像决堤的洪水，一发不可收拾。

"妳怎么了？"安柏熙抱住她，"多大点儿事，哭什么呢？"

"我……我哭我的，你……你别管我……呜呜呜……"

"我怎能不管？"他亲吻她的秀发，"妳是我的心肝宝贝，妳一哭，我方寸大乱。"

气氛刚好，沈文倩遂趁机索爱，然而安柏熙还是推开她。

"我明天四点得早起，我们都睡了吧！晚安。"说完，他翻过身去。

这下子沈文倩既羞愧又恼怒，拿起枕头跑到儿子的房间。

"妈，妳又来了。"小哲睁开惺忪的睡眼说。

"对不起，妈吵醒你了。"

"没关系，"儿子躺进她怀里，"我喜欢跟妳睡。"

闻着儿子身上的奶香味，沈文倩终于平静下来，至少这段婚姻不是一无是处（她得到世界上最好的安琪儿），不是吗？

沈文倩 -2

2

沈文倩的老公是空少，她本人也常被误会是空姐，因为她身材匀称、气质佳、容貌又姣好，还有什么比颜质相当的"同事恋"更加合理自然？换言之，他俩的结合在外貌上可说是旗鼓相当，没有谁高攀了谁，然而在其他方面，沈文倩就输得彻底，根本无法与家境殷实、学历又好的老公相提并论。

"傻女人！"安柏熙摸摸沈文倩的头，"妳就是我百里挑一，好得不能再好的结婚对象，所以别再作茧自缚了。"

这段表白从此深刻在沈文倩的脑海里，每当她又"作茧自缚"时，总要将它调出来倒带重听，借以"解脱束缚"。

话说沈文倩婚前在一家百货公司当美工，薪水少，负责的范围又广（连橱窗设计也归她），以致把工作带回家做是常有的事。婚后，公婆"自然而然"逼着她把工作辞了，理由是自己的宝贝儿子作息时间不规律，他们可不希望他回家后还得面对冷锅冷灶。

虽然沈文倩不满意她的工作，但光靠老公一个人的薪水过活是不可能的，毕竟他俩还有生孩子的打算，总得为孩子攒点儿教育基金。

话传到公婆那里，两个老人一出手就是每月贴补两万元，还说等孩子一出生，所有的费用全揽下，包括奶粉钱、置装费、乃至将来的留学费用等。至此，沈文倩再无后顾之忧，她果断辞职，回家当专职的家庭主妇。

刚开始，沈文倩信守了诺言，即使老公凌晨进门，也有一碗热饭吃，反倒是安柏熙过意不去，要她别忙活了，自己没有深夜进食的习惯，即便肚饿，大不了上便利店吃碗关东煮得了，何必大费周章？

老公的体贴让沈文倩大受感动，想为安家开枝散叶的念头也就更加强烈，然而这块却是她的心病。

沈文倩 3

3

沈文倩读的是艺术设计专业，一进校，她的美貌便吸引了全校男生的注意，当然也包括才子阮丞禹。

阮丞禹的才气不在学科上，而在一张嘴，他是全国辩论挑战赛的常胜军，甚至已经夺得某届的"最佳辩手"。这样的才华在沈文倩看来弥足珍贵，因为她自己已经拥有美貌，知道那是与生俱来，没什么了不起，所以特别欣赏有才华的人，这可以解释为什么其貌不扬的阮丞禹能不费吹灰之力就把校花沈文倩追到手。

他俩交往后的某个夜里，阮丞禹提议到他家坐坐。

"不好，我最怕见家长。"沈文倩说。

"放心，我父母外出，一整晚都不会回来。"

既然人不在，那最好，沈文倩没多想便答应了。哪知回到家的阮丞禹立即大变样，对她毛手毛脚不说，嘴巴也百无禁忌，专挑男女之事的话题讲。

"宿舍11点关门，我得回去了。"沈文倩推开男友说。

"再多待一会儿，"他又腻了上来，"宿管阿姨不会不通人情。"

阮丞禹走读，不用担心晚点名，但沈文倩不一样。

"你不懂，我们楼里的宿管阿姨很凶，且完全没有商量的余地，我不想往枪口上撞。"她说。

"看来妳很担心，我只好快点儿了。"

沈文倩以为阮丞禹的意思是马上送她回宿舍，哪知他霸王硬上弓，并且草草结束。

"宝贝儿，我以为这不是妳的第一次，所以……妳放心，我会永远对妳好。"

原来阮丞禹已经认定她不是处女，这让有处女情结的她耿耿于怀。还有，沈文倩本想把第一次留给老公，没想到莫名其妙被夺走，害她好几天都睡不好觉，最后还是自己与自己和解，因为阮丞禹说过会永远对她好，只要结了婚，也算是把第一次留给了老公，这并不相悖，不是吗？

然而沈文倩还是过度乐观，半年后，阮丞禹提出分手，理由是她太粘人了。

沈文倩以为男女朋友要尽可能地在一起，这才是爱的表现，既然阮丞禹不喜欢，她便无条件配合，答应以后只在周末见面，平常以电话联系。

阮丞禹欲言又止，最后还是接受这个方案，结果几个礼拜后噩耗传来——阮丞禹和学妹在一起了。

"你怎能这样？我把第一次给了你，现在谁还会要我？你这是把我逼上绝路！"沈文倩泪眼婆娑地控诉着。

"我又没勉强妳，是妳自愿的。"

这个回答像一把利刃插进沈文倩的胸口，以致回宿舍的路上，她毫不犹豫便往河里跳。

兴许命大，沈文倩后来被夜跑的人给救上岸，匆忙送往医院。

这事一闹开，阮丞禹立刻被贴上"渣男"的标签。他气不过，逢人便说沈文倩有病，该上精神科检查，自己才是受害者云云。

等沈文倩康复后回到学校，一切已物是人非，连阮丞禹的最后一面也没见着（他已先一步转校）。

可想而知，接下来的校园生活会有多凄惨，昔日校花沦为昨日黄花，再也不复以往的光芒与神采……

好不容易熬到大专毕业，沈文倩在百货公司找到对口的工作，如果不是一次与同事上夜店的机会，她不会认识空少安柏熙，并且被他热烈追求。

"我是不是哪里得罪妳了？"安柏熙问。

"没有，是我本身的问题，跟你无关。"沈文倩答。

"怎么会跟我无关？一见到妳，我就认定妳是我老婆，所以不仅有关，还是大大的有关。"

从别人口中，沈文倩早已得知安柏熙的条件极好，不是她这株小草能匹配得上，所以还是一开始就划清界限为佳，免得到时候难堪。

"你眼中的我不是我，所以还是别浪费时间了。"她冷冷地答。

"妳怎么知道我眼中的妳是不是真实的妳？"他停顿了一下，"不行，除非妳告诉我为什么踢我出局，否则我是不会放弃的。"

为了让这个固执的男人死心（同时也测一测他是不是认真的），沈文倩把人生中最不堪的一面据实以告，包括她已非完璧之身，且还有个自杀记录。

哪知安柏熙听完后不仅没退缩，反而掏心掏肺地说："妳太不容易了，让我来照顾妳。"

此话一出，击中沈文倩內心最柔软的部分，她泪如雨下，原来生活并没有亏待她。

两人的恋爱关系一经确定，不到一个月的时间，安柏熙便提出带她回家见父母。

"不，不行，"她把头摇得像拨浪鼓，"我还没准备好。"

"要什么准备？吃个饭认识一下而已，再简单不过。"

与前任男友比，安柏熙显得诚意十足，不仅对她呵护备至，还急着把她介绍给家人。

"柏熙，你听好了，我父母都是劳工阶级，房子还是租来的。还有，我的学历只到大专，现在的月薪只够勉强养活自己，你父母肯定看不上，所以还是别费心安排了。"

"小傻瓜，"他轻点她的鼻头，"我自己的父母我会不清楚吗？放心，我保证他们一定会敞开双手欢迎妳！"

事实果然如同安柏熙所言，两位老人待她极好，还责怪自己的儿子不早把她带来见面，至于沈文倩主动提起的家庭背景和学历……两老倒没有表现出不悦。

"看！我父母是不是很喜欢妳？妳就是瞎操心！"一走出安公馆，安柏熙就取笑她。

既然最难的一关都通过了，沈文倩不再三心二意，她把所有的关注和爱都给了这个优秀男人，所以当戴上维尼熊头套的安柏熙出其不意地出现在她回家的路上，并且向她下跪求婚时，她立即点头如捣蒜，忘了他俩相处还不到半年，连床都没上。

<h1 style="text-align:center">沈文倩_4</h1>

4

"婚前禁欲"让沈文倩颇为满意，这代表安柏熙尊重她，同时也证明他不是一个"下半身思考"的人，然而婚后的他依旧禁欲就让沈文倩看不懂，这正常吗？她不免怀疑自己缺乏魅力，所以引不起老公的"性趣"？

"老公，"她从后抱住他，"今天是我的安全日。"

"等妳不安全时再告诉我。"安柏熙退出打到一半的游戏，接着熄灯，"我累了，咱俩都睡吧！"

然而即使沈文倩告诉他"不安全日"已经来到，安柏熙也不会马上行动，总要躲在卫生间许久才能进入状况。

"老公！"趁着安柏熙在尽义务，沈文倩唤他。

"嗯？"

"你为什么不看我？"

安柏熙没料到她会这么问，不经思考便张眼，结果很快败下阵来。

"妳太性感了，我没办法。"安柏熙事后做出解释。

"没关系，"她亲吻他，"明天再试，嗯？"

也不知是不是被咀咒，从此他俩的"房事"就再也没和谐过。

沈文倩不知问题出在哪里，但又不能向别人请教，急得像热锅上的蚂蚁，关键时刻还是婆婆出手了。

"倩倩，结婚大半年了，也该有个孩子，妳和柏熙在避孕吗？"趁着节日回家，婆婆把她拉到角落问话。

"没有。"

"那怎么……"

"柏熙他……"沈文倩忽然住嘴，因为不知当不当讲。

婆婆要她别害臊，她是生过孩子的人，那档子事儿完全清楚。

"柏熙他……不举。"

"是一直不举还是偶尔不举？"

"刚开始还能，后来就完全不行了。"

她的婆婆听完后面色凝重，沈文倩像澄清什么似地解释："我听说吃牡蛎、鸽肉和驴肉有用，但柏熙很抗拒吃这类食物。"

"柏熙的问题吃什么都没用。"她的婆婆冲口而出，但随即神色慌张。

沈文倩问什么意思？

"还问什么意思？"她的婆婆换了脸色，"男人是视觉动物，妳若扭扭捏捏，柏熙当然会索然无味。"

"那……那怎么办？"

"别担心，这事就交给我。"

过了几天，她婆婆把俩口子约出来吃饭。吃完饭，三人上一家不孕不育医院，开始了"人工造娃"行动。

沈文倩心想这是"治标不治本"呀！但婆婆和老公好似没觉得不妥，她只好把到嘴边的话吞下肚里去。

沈文倩—5

5

试管婴儿是"体外受精—胚胎移植"技术的俗称，简单地说就是采用人工方法让卵细胞和精子在体外受精，形成胚胎后再移植到母体，最后分娩的过程。

理论不难理解，但实际操作却让沈文倩有些吃不消，还好最后胚胎活检正常，并在移植了"一个"胚胎后成功怀上，这多少冲淡之前所造成的不愉快。

是这样的，当时培养出来的胚胎总共有3个，安柏熙和他父母一致认为应该全要，但沈文倩不同意，一下子来3个小家伙，她哪顾得上？

"倩倩，妳光出个肚皮，剩下的我们全帮妳搞定，包括请月嫂和住家保姆等，绝不会让妳累着。"婆婆对她说。

"妈，孩子出生后你们可以帮忙，但孩子出生前却只能靠我一个人，我可没把握能完成整个妊娠。"

想当初取卵时，沈文倩疼到不行，这提醒她日后若怀上了，还有苦头吃。一胎尚且如此，何况₃胞胎？她得有超强的体力和毅力才行。

可惜这番剖析并没有得到夫家的认可和同情，公婆的脸色还因此难看了好多天，直到医生宣布沈文倩成功怀上，肚里的宝宝很健康时，这才缓解了紧张局面。

自从晋升为孕妈妈后，沈文倩得到最高规格的关心和照顾，几乎是"茶来伸手，饭来张口"，至于夫妻间的房事……当然得全面停工（不讳言地说，她明显感觉到老公的"如释重负"，这让她颇感不是滋味）。

隔年三月，沈文倩产下一名健康男婴。公婆笑得合不拢嘴。

"老婆，辛苦妳了。"安柏熙亲吻她，"宝宝长得像妳，太好了！"

此时的沈文倩无疑是幸福的，老公爱她，也爱他们共同孕育的孩子，她不能要求更多了。

此后，这个小小孩转移了沈文倩的大部分注意力，她不再顾影自怜，而儿子安在哲也渐渐取代老公在她心目中的地位，成了沈文倩亲密无间的"小情人"。

沈文倩 6

6

纵使反对声浪大，安柏熙还是毅然决然地担任童子军义工去，把老婆和孩子晾在一边。

为了不让儿子失望，沈文倩决定按照原计划进行，结果上机的前几天，埃及突发暴动，把家里的老人吓得够呛，坚决不让自己的宝贝孙子去当炮灰，沈文倩对此很是沮丧。

"妈，不去埃及，我们可以去迪士尼乐园呀！"儿子对她说。

沈文倩想想也对，拜访不了法老王，改看米老鼠还不成？

由于时间紧迫，沈文倩决定加入旅游团，如此一来，既能打卡迪士尼乐园，还能游览美国西海岸的几处景点，岂不美哉？然而坏消息再度传来——由于参团人数不足，被迫与他团合并，出发时间待定。

沈文倩很不喜欢这种"悬而未决"的状况，果断退团，正愁不知该如何向儿子解释时，这个六岁小孩倒先看出了不对劲，问她怎么了？

"对不起，我们的旅游团暂时无法出发，因为……所以……听懂了吗？"

安在哲眨了眨大眼睛，答："去不了美国迪士尼乐园，那么改去上海好了，我的同桌江芝敏去的就是上海的迪士尼乐园。"

沈文倩被当头一棒，显然儿子在意的是迪士尼乐园，只要是迪士尼乐园，到哪儿都一样。

"是的，你说的没错，我们明天就去！"沈文倩说。

儿子一听大喜，高兴地手舞足蹈。

隔天，他们坐上动车赶往上海，并且斥巨资入住园内酒店（为了看夜晚的烟花和灯光秀）。当安在哲看到入住房间内居然有一辆《汽车总动员》里的汽车时，乐开了花。

"妈，我们能不能永远住在这里？"他稚气地问。

"恐怕不行，如果天天住这里，你就看不到张老师和其他小朋友了。"沈文倩答。

"那我们能住多久？"

"一个晚上。"

看儿子流露出失望的表情，沈文倩解释接下来还有很多景点要看，所以没办法把全部的时间都留给迪士尼乐园。

"真的？我们还要去别的地方玩？"儿子兴奋地问。

"当然是真的。"她答。

后来，沈文倩实现了诺言，母子俩踏遍上海的大街小巷，回程时又顺道拜访邻近的浣纱镇（听说这是一座古风犹存的小镇，还有一个赫赫有名的钱家染坊）。

到了浣纱镇，果然如同传言所说那样美丽，随便一抓拍都能当大制作电影的背景。

"请问钱家染坊怎么走？"沈文倩拦下一名路人问。

"妳沿着这条浣纱河往南走，当看到一大片杨柳树时就是了。"那人答。

这里三步一杨柳，沈文倩猜想"一大片杨柳"必是相当可观，果然没错。

到了钱家染坊，接待他们的是一名年轻人，身上还带着学生气，不像其他解说员，一个个宛如临时被抓来凑数的当地人（也许待会儿还得赶回家做饭洗衣，甚至重上麻将桌）。

"叔叔，那个人是你吗？"安在哲指着墙上其中一张黑白照，"好像啊！"

因为这个回答，那名年轻人将目光投向墙上照片。

眼见自己的孩子说出令人不安的话，沈文倩赶紧接棒："看着是有点儿像，但肯定不是，因为这是一张老照片，如果那个人还在，应该是老爷爷了。"

"的确是有点儿像，"年轻人紧接着答，"你的眼力真好，将来可以当飞行员。"

"跟我爸爸一样。"

"你爸爸是飞行员？"

"不是，我爸爸在飞机上工作。"

沈文倩立即做出解释——孩子的爸爸是空服员。

看年轻人左右张望，她只好进一步说明："他今天有事，没来。"

沈文倩怎么也没料到这段对话会被儿子记住，并且在离开钱家染坊后问她："爸今天有什么事？"

"他……他当童子军的义工去了。"

"什么是童子军？"

沈文倩也不是很清楚，所以胡乱搪塞了一下。

"那个地方离这里远吗？"

"不远，在杭州。"

"那我们现在就过去找他！"

沈文倩欲言又止，最后摸摸儿子的头，问："中午想吃什么？"

沈文倩_7

7

安柏熙直到年假的最后一天深夜，才春风满面地进门。

"小哲十多天没见到你，你就不能早点儿回家？"沈文倩没好气地问。

"我有什么办法？童子军的领导坚持请吃饭，加上回程的火车误点，所以……"

"吃的什么？"

"火锅。"

"怎么你身上没有火锅味，反倒有婴儿香皂的味道？"

安柏熙没回答，径直走向卧室。

被忽视的滋味很不好受，沈文倩立即跟上，把问题重复了一遍。

"倩倩，现在已经接近午夜12点，我累了，能不能明天再讲？"他说。

"这个问题很难回答吗？还是你还没想好怎么忽悠我？"

"傻瓜！"安柏熙把沈文倩拉上床，"妳是我的心肝宝贝，爱护都来不及，怎会忽悠？"

"那你回答呀！"

虽然安柏熙依旧没回答，但以实际行动替代，他吻了老婆的唇，又吻了肩胛骨，手也不老实，四处游移……

这点燃沈文倩内心里的那盆火，并且一发不可收拾。

"倩，"安柏熙慌了手脚，"明……明天再做好吗？"

"不行，都这个节骨眼了，你能忍，我不能忍。"

他俩后来还是行了周公之礼，只是沈文倩颇感不是滋味，像吃了一颗烂苹果。

"你是不是感觉自己被性侵了？"她问。

"我都配合妳了，妳还想怎样？"安柏熙停顿片刻后，换了语气，"乖，我是最爱妳的，妳别胡思乱想哈！"

这让沈文倩怎能不往坏里想？世上有哪个老公不想和妻子亲热？算一算，上一次他俩做爱还是中秋节前后，眼下圣诞节都快来临了……

"听着，我一点儿也没觉得自己被爱，如果你以为……"

沈文倩话还没说完，沈重的打鼾声传来，像嘲笑她的天真。

"哎！这日子还能过吗？"她心想，忍不住自怜。

沈文倩 – 8

8

其实婚后没多久，沈文倩就察觉到老公的异常，除了"床事"的不和谐外，还包括不正常的加班和身上偶尔散发出的香水味。

"为什么你的身上总有味道？"她问。

"正常人都有味道，那叫体味。"安柏熙答。

"不，不是体味，是一款叫Dew Song的古龙水味道，男士专用。"

为了查明真相，沈文倩特意到百货商场的香水区域一探究竟，结果出乎意料，竟然是男用香水（她原以为会是女用香水）。

"这……这很奇怪吗？难道我不能喷香水？"他问。

"可是我没见你喷过呀！"

"我上班时喷不行吗？这又不是什么罪大恶极的事。"

自从有了这段对话，安柏熙喷古龙水成了一种习惯，而且像是为了证明什么，家里从此常备Dew Song，与她闻到的一模一样。

某天，她独自一人拜访公婆，婆婆一见她，欢喜得不得了，不仅为她端茶倒水，还切了一盘水果。

"妈，您别忙了，我们聊聊。"她说。

"好呀！"婆婆坐了下来，然后用叉子叉了块西瓜递过去，"聊什么？"

"柏熙的前女友是做什么的？"

"前……前女友？妳……妳问这个做什么？"

沈文倩解释她感觉老公的心里住着一个人，所以才会对她忽冷忽热。

"放心，"婆婆明显松了一口气，"没有这么一个女人，我敢打包票。"

"那……那有没有可能是男人？"

"什……什么意思？"

"柏熙心里住着一个男人？"

哪知眼前这位总是好脾气的女人会忽然变脸，斥问她问的什么乱七八糟的问题？

婆婆的过激反应非但没有打消沈文倩的疑虑，反而让她更多心，若不是新生命的忽然到来打乱了生活，她肯定能刨出点儿什么。

还好那段"凄惨"的日子（孕期时的身体不适、生产时的疼痛难当和分娩后的手忙脚乱）总算熬过去，当小哲开始上幼儿园后，沈文倩的时间一下子多出来，她反倒无所适从，这可以解释为什么偶然间接到的插画工作会让她全身心都快活起来。

安柏熙倒不反对她有一份"兼职"，只要能照顾好家里，同时不再疑神疑鬼，什么都好商量。

就这样，沈文倩摇身一变成了插画师，每个月都能挣到几千元。若把这笔钱拿来养家，肯定是不够的，但裤兜里有自己挣来的钱总归心安。

如果"表面"上的岁月静好能这么持续下去，沈文倩还能凑和着过，问题是连这小小的要求都达不到，那才……

"谁是娇娇？"沈文倩问。

安柏熙望着她，一语不发。

"你倒是说啊！"沈文倩急了，声音也不由自主地拔高。

"我能说什么？不过我倒是挺好奇妳如何知道我的电脑密码？"

沈文倩并不知道老公的电脑密码，即使知道，她也不屑潜入，之所以提到娇娇，乃因昨晚安柏熙说梦话的缘故。

"所以你承认有娇娇这个人？"她问。

"我承不承认有差别吗？反正妳已经将我入罪。"

"至少你可以澄清啊！"

"我不澄清，妳想钻牛角尖请自便，我不会跟着瞎起哄。"

后来陆续还有一些蛛丝马迹浮出水面，包括她替老公买的内裤会忽然不翼而飞，几天过后又重新回到脏衣篮里。还有还有，安柏熙曾偷偷买了一部最新型的苹果手机，被发现后才表示手机是买来送给沈文倩的，但那么明显的谎言根本经不起推敲，一个连老婆生日都会忘了的人，某天会忽然想起需要表达爱意？

有这么一位老公，难怪沈文倩的疑心病会越来越重，但只要不是证据确凿，她便还有一丝希望在。

这一天，安柏熙穿戴整齐地从房间里走出来。

"你今天飞哪里？"沈文倩放下手中画笔，抬头问老公。

"长沙。"

"不飞杭州？"

安柏熙愣了一下，答："飞杭州妳有意见，不飞杭州，妳也有意见。要不，把我拴在妳的裤腰带上，这样妳就称心如意了。"

不讳言地说，自从老公执意利用公司年假到杭州当义工，杭州便"正式"成了沈文倩的心结，她隐约感觉到那座城市藏着秘密，威力之大甚至足以摧毁她苦心经营的家。

"我也就这么一问，何必生气？"她停顿了一下，"几点的飞机？"

"上午11:45。"

"祝你一路顺风！"

安柏熙前脚刚走，一通紧急电话随后就到。

"沈小姐，《顽皮熊》的插画什么时候给我？我等着排版哪！妳这样一拖再拖，我还要不要办事？"对方叹了口气，"可别怪我说话不中听，这个圈子很小，名声一旦坏了，妳很难再接到工作。"

打电话过来的是李编辑，她已经催图催了好几次，难怪火气这么大。

"对不起，15号我一定给，倘若食言，我也不好意思再跟贵社合作了。"

"说话算话喔！"

"一定，请放心。"

由于给了期限，沈文倩不得不加紧赶工，以致接孩子放学的工作也一并交给了徐阿姨，所以当手机铃响时，沈文倩还以为徐阿姨没接到孩子。

"请问妳是安柏熙的家属吗？"对方问。

"是的，我是他太太，你哪位？"

"这里是杭州江干区派出所，妳先生出了车祸，现在在人民医院，妳赶紧过来。"

沈文倩心想她老公明明说今天飞长沙，人怎么会在杭州出现？这分明是诈骗，所以立马挂断。

哪知对方不死心，一打再打，但沈文倩就是不接听，后来还是航空公司的庞小姐打电话过来，沈文倩才知道安柏熙真的出车祸了。

"这会不会是诈骗？"她问，"我老公明明告诉我今天飞长沙，怎会在杭州出车祸？"

"排班表上显示安柏熙今天飞杭州，中转长沙，而且杭州的同事也核实过了，他目前的确在医院，妳的动作得快，我这边给妳预留了机位。"

至此，沈文倩不再怀疑，交待公婆过来照顾小哲后，赶赴机场。

沈文倩 9

9

医生说安柏熙的皮肉伤并不严重，该担心的是他有脑震荡的现象，所以需要留院观察几天。

"对方呢？"沈文倩问。

"对方？"医生想了一下，"呵呵！对方是行道树，死伤可惨重了。"

沈文倩大松一口气，同时也有余力去抱怨出租车司机，怎么可以往行道树开去？

"我听说是妳老公骑重型机车出的车祸，也许我的信息有误，妳再问问。"医生说。

"问谁？"

"当然问处理这起事故的交警或者同伴。"

"同伴？"

"是的，还是个好看的小伙子，可惜手背缝了几针，恐怕会留下疤痕。"

这个回答打得沈文倩一个措手不及，她忙问小伙子在哪里？

"刚才还在，"医生环顾四周，"也许上厕所去了。"

沈文倩现在应该做的是进病房看望车祸受伤的老公，可是她却焦急地走遍整个医院，寻找一个手掌缠着纱布的年轻男人。

一个钟头过去后，沈文倩不得不承认这个与丈夫同行的男人很可能已经闻风而逃，这才回到病房。

"妳是谁？"躺在病床上的安柏熙问。

"别闹了，我没心情陪你玩。"沈文倩皱了皱眉头，然后拉了把椅子坐下，"医生说你骑重型机车出了车祸，这是真的吗？"

"重型机车？"安柏熙喃喃道，"好像有点儿印象，我……我想不起来了。"

沈文倩苦笑，一句"想不起来了"就把锅甩得一干二净。

"那么你想起来我是谁了吗？"她问。

"妳？"柏安熙凝视着她，"我们认识吗?"

沈文倩一听大怒，她忙前忙后的，这就是回报？

"好，你不认识我，但你的亲生父母和亲儿子总认识吧？！他们还在家里等着你回去呢！"她说。

"亲生父母和亲儿子？"安柏熙捂住头，一副痛苦的样子，"对不起，我真的想不起来，妳能告诉我——我是谁？叫什么名字吗？"

此时的沈文倩才意识到情况不对，赶紧找来医生，经过一番冗长的检查后，得到"因脑部受到撞击，产生逆行性遗忘"的结论。

"什么是'逆行性遗忘'？还有，这种现象会持续多久？"沈文倩问。

医生解释所谓的逆行性遗忘是指遗忘过去发生的事，但新的记忆还是能够形成，至于会持续多久？那得看脑部受伤的程度，一般来说，三到五个月是可能的。

听完，沈文倩呆若木鸡。

"安太太，妳还好吗？"医生问。

此时的沈文倩才回过神来，答："好，很好。"

"妳需要跟心理医生谈谈吗?"医生又问。

"不，不需要。"她果断拒绝。

对沈文倩来说，丈夫的忽然失忆未尝不是个转机，或许能挽救她那岌岌可危的不幸婚姻也说不定。简言之，此乃喜事一桩。

三天后，医生交给她两袋药，同时叮嘱一些注意事项，然后夫妻俩乘坐高铁回家。

到家后，安柏熙仍一脸茫然，对冲上来问东问西的双亲则表现冷漠，就别提站在一旁的儿子了，完全没有眼神上的交流。

"儿啊！你真的不记得我了吗？我是你妈呀！打从你很小的时候就把屎把尿的，你怎会忘了我呢？"

看婆婆老泪纵横，沈文倩只好把两老请进房间，并将医生说过的话复述一遍。

"这么说还是有救的，只要按时吃药和唤起他的记忆就行，是不是？"婆婆问。

"医生是这么说的。"沈文倩答。

"那就好，那就好，"公公频频点头，"看来我们得在这里住上一段时日，否则妳一个人怎么忙得过来？"

公婆是一番好意，但沈文倩急于在这段失忆的日子里挽回丈夫的心，所以委婉拒绝了。

公公好似还想说什么，但被婆婆的眼神制止后便不再言语，看来沈文倩之前的猜测是对的——公婆对自己儿子的情史不是一无所知。

"倩倩，妳说的我们不反对，但妳得答应我们不会一个人硬扛着，一旦需要帮助会通知我们。"婆婆说。

"会，当然会。"

于是在安柏熙进门后的次日，两老回到自己的家，留下两大一小在客厅内面面相觑。

"妈，"安在哲拉拉母亲的衣袖，"爸爸怎么还是怪怪的？"

昨晚，沈文倩曾用最简单的句子告诉儿子——他的父亲生病了，所以暂时想不起来很多人和事。显然，安在哲并不明白"暂时"的意思。

"爸爸有一天会恢复原来的样子，只是不是今天。"沈文倩柔声地说，"你何不跟他玩乐高？"

"我可以吗？"

"你问问爸爸呀！"

虽然安柏熙曾被告知那个不到一米高的小男孩是他的儿子，但他就是想不起来，所以也难有热情，不过他倒不介意和男孩玩积木，因为与其面对一个不熟的女人，他宁愿跟孩子在一起。

看父子俩开始交流，沈文倩把徐阿姨叫到厨房，简单介绍男主人的病情。

"我知道了，在先生康复前，我不会让他一个人出门，同时也不会放任何陌生人进来见先生，哪怕是他的朋友。"徐阿姨答。

"是的，就是这个意思，辛苦妳了。"

"哪里，这是我应该做的。"

交待完毕，沈文倩重新回到客厅，当看到一大一小正努力砌一座豪华城堡时，沈文倩有股莫名的感动，这不是她一直希冀的小确幸吗？那么微小平凡，却也那么的幸福……

沈文倩－10

安柏熙出车祸的消息一传开，他的同事和朋友们纷纷上门慰问，但都被沈文倩给拒之门外，理由是丈夫需要静养。

这听起来有些牵强和不近人情，但拜访者皆很配合地离去，久而久之，已无人再造访，而这正是沈文倩想要的。

"倩倩，今天妳出门后，我在窗外看到老鹰。"安柏熙说。

"老鹰？"沈文倩把一大袋书放在餐桌上，"不会吧？！"

"是真的，徐阿姨也看到了。"

于是沈文倩把目光抛向正在拖地的徐阿姨，后者答："我也不知道是不是老鹰，反正看起来是有点儿像。"

大城市的上空会出现老鹰的机率几乎为零，但沈文倩不在乎真假，反而提醒老公下次若再看到，别忘了也让她瞧瞧。

"会的，如果小哲也在，我们三个人一起看。"他答。

沈文倩的脑海里立即浮现一家三口站在窗前看"老鹰"的画面。

"柏熙，"沈文倩说，"今天我又买了好几本书，你想现在看吗？"

安柏熙的手机在车祸中阵亡，他没提买新的，沈文倩也乐得装糊涂，至于个人电脑……虽然安在，但安柏熙忘了密码，有等于无。也就是说，安柏熙现在与外界断了联系（这是沈文倩希望的状态），应该很快会感觉无聊，为了防微杜渐，她替老公买了好几本书，大部分是武侠小说，也有侦探推理类。

"待会儿吧！"安柏熙望向窗外，"今天的天空好蓝，我想出去走走。"

"好，我陪你。"

"不，我想一个人散散步，就在小区内。"

沈文倩犯难，放一个记忆力有问题的人独自在外行走，这挺危险的。

"可以吗？倩倩。"他又问。

沈文倩不忍心泼自己老公冷水，所以同意了。

安柏熙很开心，笑得像个孩子似的，可是等他一出门，沈文倩立即让徐阿姨偷偷跟上，同时交待："千万别让先生离开小区，如果有陌生人想跟他说话，立即打电话给我。"

"好的。"徐阿姨答。

安柏熙的第一次独自出门耗费了45分钟，沈文倩也站在阳台观察了45分钟，直至男人进门，她才佯装一无所知地问起："你有没有在小区内遇见什么人？"

"人很多，但一个也不认识，我尤其害怕有人跟我说话，因为不知道该回答什么。"

这个说法倒是吻合沈文倩观察到的。

"你做的很好，"沈文倩拉自己的丈夫坐下，"外面的坏人多，保持距离是正确的。"

安柏熙被沈文倩夸得有点儿不好意思，同时也不习惯与人坐得太近，所以拿阅读当借口，躲进书房里。

沈文倩倒不以为意，只要丈夫在家，同时感情与日俱增就好，她不能要求一蹴而就。

夜里，再怎么躲避的安柏熙还是得回到床上，这对他来说是一种酷刑，因为他不想和一个不熟的女人躺在同一张床上。

沈文倩也知道打开一个"陌生人"的心防很不容易，所以一开始并不勉强，但转眼好几个礼拜过去了，丈夫仍然没有采取行动，她不免有些担忧，莫非失忆后的丈夫仍对她不感"性"趣？

趁着今晚雷雨交加，沈文倩决定试探一下。

"啊！"沈文倩躲进老公的怀里，"我怕打雷。"

"别怕别怕。"安柏熙拍拍她的后背，"一会儿就过去了。"

哪知雷声一声接着一声，沈文倩理所当然地抱紧老公，可喜的是她感觉到他生理上的变化。

"妳……妳靠我太近了，我不舒服，可不可以……"

"不可以！"沈文倩欺身而上，"我们是夫妻，理应在一起，难道你不想？"

"想什么？"

"造个小孩呀！像小哲一样。"

安柏熙很为难，眼前这个脸上荡漾着春情的陌生女人虽勾起他的原始欲望，但他还没做好准备，也不想在这个节骨眼上造小孩。

"对不起，我不想。"他答。

"与其相信你说的，我更愿意相信你的身体。"

然后的然后，天雷勾动地火，当绚烂的烟花发射完毕后，安柏熙瘫在沈文倩敞开的胸口上。

"你知道吗？"沈文倩气若游丝地说，"我刚刚得到了高潮。"

安柏熙抬头看着披头散发的妻，答："我也是。"

戳破了那层窗户纸后，沈文倩才真正迎来春天，她每天精神饱满，连空气都是香甜的，加上因故放下的插画工作又被她重新拾起，现在的生活既充实又快乐，如果不是一通电话打来，她还会沉浸在无边无际的幸福当中。

"太太，有个陌生人正在和先生说话。"徐阿姨在电话里着急地说。

沈文倩拿着手机走向阳台，往下一探，哪有老公的身影？

"妳在哪里？"她问。

"十号楼前。"徐阿姨答。

十号楼位于沈文倩所在楼栋的右后方，难怪她看不见。

"我这就下楼去，妳看紧先生，别让他跟陌生人走。"

"好的。"

挂断手机后，沈文倩即刻下楼。

沈文倩–11

11

远远的，沈文倩看到一个与自己老公相仿的身形，心中有隐隐的不安，越靠近，这种感觉越强烈，尤其那人的身上还散发出Dew Song的古龙水味道。

"柏熙，"沈文倩挽住老公的手臂，"这位是谁？"

"他……"

安柏熙还没介绍完，对方主动表示自己是保险推销员，正在推销一款理财型的人寿险。

"是吗？"沈文倩看看老公，再看看推销员，"我正打算买保险，咱们何不找个地方坐下来谈谈？"

此时，保险推销员面有难色。

"怎么，你该不会想把送上门的生意给推掉吧？！"沈文倩故意问。

"那倒不是，而是我的材料还没准备齐全，等齐全了，再谈也不迟。"

"何必那么大费周折？你大致讲讲就行。"沈文倩转向自己的老公，"这种烧脑的事还是由我来吧！你先回去。"

安柏熙还想说什么，沈文倩故作惊讶地把躲在角落的徐阿姨喊出来，要她护送先生回家。

等人走后，沈文倩对男人说："我知道有个地方特别安静，咱们上那儿谈去。"

沈文倩所住的小区紧挨着一个大型的文化公园，里面有人工湖、雕塑、喷泉广场和运动区域，是一个集游览、休闲、娱乐和健身的公共场所。

下午两点多，放眼望去，公园里的人三三两两，沿湖的座椅几乎全空置着。

"你想坐哪里？"沈文倩问。

"随便。"

沈文倩挑了一个有树荫的长椅子坐下，毕竟紫外线还是得提防点儿。

"你也坐。"她对站着的人说。

待他坐下后，沈文倩问他叫什么名字？

"范荣轩。"男人答。

"我先生叫安柏熙。"

"我知道他叫安柏熙。"

沈文倩努力压抑高涨的怒火，问："你何时知道他叫安柏熙？"

对方沉默好一会儿后，才答："今天。"

沈文倩低头瞄了一眼对方的手，发现他的左掌背上有个蜈蚣形状的伤疤。

"你会骑重型机车吗？"她问。

"会，家里就有一辆。"

"老家在杭州？"

"不，不是，老家在东莞，但我大学毕业后一直住在杭州。"

沈文倩考虑了一下，最后还是告诉对方有关安柏熙的病情。

"妳的意思是他暂时遗忘过去发生的事，但新的记忆还是能产生？"

"是的，但我希望他永远遗忘过去。"

"如果某天他又记起来呢？"

"所以我必须在那之前把他拉回来。"

范荣轩立即表示不公平，因为人在她那一边。

"你跟我谈公平？"沈文倩扬起声，但随即克制住，"我可是他法律上的妻子。"

"那也只是法律上的，"范荣轩低语着，"柏熙爱的是另外一个人。"

这句话像一枚炸弹，炸得沈文倩头昏眼花。

"你说错了，"她立马反击，"也许柏熙曾经迷失过，但他已经回到正轨上，最直接的证据就是我们夫妻俩现在的性生活非常美满，他也说他得到了性高潮。"

范荣轩无疑被打了一巴掌，但很快便自我调适过来，理由是——安柏熙目前是个病人，只要恢复正常，一定能分辨谁才是他的真爱。

这也是沈文倩担心的，但仍嘴硬地答："即使康复了，他爱的依然会是我。"

"是吗？如果我是妳，绝不会如此乐观。"他站起身，"看来妳并不诚心买保险，那么我告辞了。"

范荣轩走后，沈文倩又气、又恨、又无奈，因为范荣轩明显踩到她的痛处。

就在她烦恼不已时，一个念头忽然产生，并且渐渐清晰明朗起来……

沈文倩 —12

12

沈文倩一进门，安柏熙便问她买保险了没？

"没，那人介绍得不清不楚的，还是别买为妥。"

"是吗？"安柏熙喃喃道，"意思是我再也见不到他了。"

沈文倩的心喀噔了一下，问老公是不是想起了什么？

"我感觉自己好像见过这个叫小美的人。"

"谁？"沈文倩扬起声，"小美？"

约一年前，安柏熙曾在睡梦中喊着"娇娇"，如果范荣轩的昵称是小美，那么娇娇又是谁？莫非老公的情人不止一位？

"小美这个名字是有些怪，但那人的确是这么介绍自己的。"安柏熙答，"一开始我还以为遇到了朋友，因为他说出了很多关于我的事，后来他当着妳的面说自己是保险推销员，怪了！怎么会这样？"

"现在你知道他是如何处心积虑地想接近你了吧？！所以以后若再见到他，最好离他远远的，懂吗？"

虽然安柏熙表面答应下来，但沈文倩还是不放心，所以除了要求小区的保安将范荣轩列为重点驱赶对象外，还交待徐阿姨时刻留意男主人的行踪，务必做到滴水不漏，而她自己则有更治本的事情要做，那就是加入网上的"雇凶杀人"群。

本来沈文倩还很忐忑，怕无人与她交易，但一进到群里没多久，一个叫"轻舟浅渡"的人便私信：请到浣纱镇的巫觋茶馆详谈。

沈文倩知道浣纱镇，去年冬天她才和儿子去过，但没留意那里是否有一家巫觋茶馆。

"何必跑那么远？我们在电话里谈也一样。"沈文倩打着字。

"电话里能谈，我何必指定地点？"轻舟浅渡答复。

虽然浣纱镇不远（开车不过3个小时），但沈文倩还是觉得麻烦，所以打算再等等看，结果这么一等，等来了网络警察，吓得沈文倩赶紧下线，这件事就这么不了了之了。

几天后，安柏熙问沈文倩："周末我们上西湖走走，好吗？"

"你……你为什么想到西湖？"她反问。

"我在书上看到西湖的照片，不知怎的，特别有感觉，所以想去看看。"

西湖就位于杭州，沈文倩可不愿自己的老公有睹景思人的机会，所以找了个借口拒绝，哪知隔天他又问了一个很久以前应该问，但一直没问的问题——他的手机在哪里？

"你的手机在车祸中报废了。"沈文倩答。

"能不能给我买个新的？"

"你要手机做什么？现在不会有人打给你。"

"我想看看自己过往的痕迹，也许有助恢复记忆。"

沈文倩随便搪塞了一下，没料到安柏熙退而求其次，提议把他的个人电脑拿去维修店破解密码，如此一来就不用买新手机了。

想到电脑内的秘密也许更多，沈文倩只得同意买新手机。

"什么时候买？"安柏熙追问。

"九月份吧！那时候苹果手机出新款。"

"不，我不需要新款，旧款也行。"

沈文倩一时语塞，支支吾吾的。

"有问题吗？"他又问。

"没……没问题。"沈文倩深吸一口气，"等周末，我们全家一起逛街时再买。"

因为给了期限，沈文倩不得不提前实施杀人计划，既然轻舟浅渡是目前唯一的人选，那就他了！

次日一早，徐阿姨送完小哲上学，沈文倩告诉她自己有事外出，最晚夜里能回，要她照顾好家里，尤其看紧先生。

"您放心，有我在，不会出任何差错。"

有了徐阿姨的保证，沈文倩坚定地踏上往浣纱镇的旅程……

浣纱路上的
沈文倩……

"凡以神仕者，掌三辰之法，以犹鬼神示之居，在女曰巫，在男曰觋。"沈文倩念完，将目光投向门头招牌上的四个大字——巫觋茶馆。

这家茶馆不仅名字奇怪，从外面还看不到里面，不讳言地说，它像极了一只张大嘴巴的怪兽，就等着不明就里的人一头栽下……

正当沈文倩犹豫着要不要进去时，一个留着小平头，且有一对招风耳的小男孩刚好骑车经过，他大声提醒——这家茶馆不营业。

"为什么？"沈文倩冲口而出。

小男孩猛然刹车，转身答："我也不清楚，不信妳推推看。"

沈文倩当然不信（尤其门上还挂着"营业中"的牌子），于是用力一推，竟然推不开。

小男孩对她扬扬眉毛，像是说——瞧！我说的没错吧？！

"真是奇怪！"沈文倩喃喃道，"既然不营业，挂什么'营业中'的牌子？"

小男孩索性下车，并且牵车向她走来。

"妳是不是口渴？"他问，"如果是，浣纱镇还有另外一家也卖茶，我可以带妳过去。"

沈文倩表示自己不口渴，而是有人约她在此见面，如果去别家就见不着了。

"那妳打电话给那个人，告诉他巫觋茶馆不开门，改地方见面得了。"小男孩又说。

轻舟浅渡并没有留下电话号码，但解释这个又有何用？何况对方还是个孩子。

"谢谢你的建议，我决定等一等。"她答。

"等什么？"小男孩问。

"等开门。"

小男孩一副难以置信的模样，转身骑上自行车走了。

等了约莫二十分钟后，沈文倩才不得不承认自己蠢——这得等到何年何月？还有，网上龙蛇混杂，什么人都有，何以见得轻舟浅渡是认真的？搞不好此人明知巫觋茶馆已停业，却故意约她来此见面，借以看她出糗……

想至此，沈文倩左右察看，还好不论当地人或游客都表现正常，没有人直盯着她瞧。

这个发现让她稍感心安，否则"愚不可及"的自责感会进一步加剧。此时，一条流浪狗缓缓走来，最终停在茶馆的雕花木门前，吠了两声后，开始扒门，一次不够，又来第二次。

"滚！"门内忽然传来喝斥声。

狗一听，吓得落荒而逃。

这勾起沈文倩的好奇心——既然茶馆里有人，为什么闭门谢客？

为了一探究竟（同时也不甘心白跑一趟），她又推了一下门，没想到这次却开了，这也太神奇了，只是......

"滚！"喝斥声再次传来。

沈文倩走也不是，不走也不是，很是尴尬。

"那是奥奇，"一位白发老翁出其不意地在她身后现身，"奥奇不喜欢狗。"

沈文倩一头雾水，谁是奥奇？

"妳是不是很好奇谁是奥奇？跟我进来吧！我介绍你俩认识。"

就这样，沈文倩跟着陌生人一同进入茶馆內，结果一进去就惊呆了，这哪是茶馆？到处是稀奇古怪的东西，说是储藏室还差不多，尤其空气中还带着辛辣的香料味。

"请问......咳咳......这是茶馆吗？"沈文倩问老人。

"妳看像吗？"他反问。

"我看不像。"

"这就对了！"老人乐呵呵地说，"茶馆在楼上。"

老人若不说，沈文倩不会注意到尽头处有个木梯。

"我能上楼喝杯茶吗？"她问。

"当然可以。"老人答，"茶馆就是卖茶的，不过上楼前，请记得跟奥奇打声招呼。"

沈文倩左右张望，这里只有两个人，哪来的第三人？

此时，站在鸟架上的黑色鸟忽然开口道好，把沈文倩吓了一跳。

"哈哈！"老人大笑起来，"奥奇已经等不及，先跟妳打招呼了。"

原来黑色鸟就是奥奇，它就站在木梯下的鸟架上，不仔细看的话，还以为是个标本。

"这只八哥的普通话说得太好了，"沈文倩由衷钦佩，"看来你没少训练它。"

"鸟不是我的，我也没训练它。"

沈文倩一时迷糊，鸟若不是老人的，会是谁的？难道是轻舟浅渡的？

这么一想，她不淡定了，如果轻舟浅渡正在楼上，代表她与"杀手"近在咫尺。

"妳不是想喝茶吗？"老人忽然说，"那赶紧上楼去。"

"你呢？你不上去？"

"我还得顾店呢！"

原来这家古怪的店是老人的，但他为什么进来后又把大门关上？如果客人不得其门而入，他又何需顾店？

虽有疑问，但沈文倩选择把话吞下，因为她还有更重要的事要应对。

上到二楼后，沈文倩长舒一口气，这才是茶馆该有的样子，不仅陈设像极了中式书房，空气中还有淡淡的清香，让人一下子沉静下来，只是极目所见只得一张板桌和两条板凳，莫非茶馆只接待一组客人？

正当沈文倩大感不解时，一个穿着米白色网纱旗袍的女子上楼来，手里捧着一个四方托盘。

"妳好，有人约我在这里见面。"沈文倩说。

"那就是两位啰！"她笑眯眯地答，"请坐。"

眼下只有一张桌子，毫无疑问，沈文倩只能坐那里。

"您喝什么？"女子问，然后把手里的四方托盘递过去，上面有好几个绿头牌，牌子上写着茶名。

沈文倩把每个牌子都看过一遍，最后指向玫瑰花茶。

"原来是这个。"女子把写着玫瑰花茶的牌子翻面，"您知道玫瑰花茶有什么功效吗？"

"不知道，我选它不是因为功效。"

虽然沈文倩表现出对话题不感兴趣的样子，但女子还是做出说明，原来这茶不仅能美容养颜，还有缓解抑郁和温胃健脾等功效。

"这么好？看来待会儿我得多喝两杯。"沈文倩答。

"希望妳等的人也喜欢玫瑰花茶。"女子说。

"这我不清楚，事实上，我并不确定他今天会来。"

女子遂问那个人的长相，沈文倩答这是第一次会面，连对方是男是女都不清楚，何况长相？她只知道此人叫轻舟浅渡。

"轻舟浅渡？"女子喃喃道，"听起来很文雅。"

沈文倩心想如果穿旗袍的女人知道轻舟浅渡是个杀手，她大概不会用"文雅"二字来形容。

"名字是很文雅，"沈文倩答，"希望人如其名。"

"文雅的人可干不了坏事喔！"女子嫣然一笑，"您稍等，我这就去泡茶。"

沈文倩花了大约一分钟的时间才从震惊中走出来，心想莫非这位穿旗袍的女子知道内幕？否则如何理解"文雅的人可干不了坏事"这句话？

就在惴惴不安中，一名穿着随意的男人上楼来，手里捧着一个茶托。

"你是谁？"沈文倩顿时紧张起来，"方才那个女的呢？"

"妳说的是罗小姐吧？！"男人把盛着紫红色茶水的带把玻璃杯放在桌上，"她泡茶时不小心烫伤了，所以改由我服务妳。"

"你是这里的服务员？"

"也是也不是。"

这个回答模棱两可，提高了此人是轻舟浅渡的可能性，沈文倩顿时紧张起来，接过杯子后立刻啜了好几口。

"我以为妳会先欣赏这漂亮的茶水。"男人说。

"噢！对不起。"沈文倩立即放下杯子，并且开始注视杯里的液体，"紫红色的确漂亮。"

"我特地选用透明玻璃杯，就是为了展示观赏的效果。"男人停顿了一下，"其实妳可以放轻松点儿，我不是老虎。"

"我……我……我很轻松啊！"她拿起杯子又喝了一口，"这茶水是很漂亮，但喝下去好像没什么特别的感觉。"

"加点儿蜂蜜会好些。"

沈文倩以为男人会下楼拿蜂蜜，结果没有，反而杵在原地目不转睛地盯着她瞧。

"你是不是想一直站着？"感觉如坐针毡的沈文倩忍不住问。

"不想！"他即刻坐下，同时捡起桌上的玻璃杯察看，"玫瑰花瓣其实可以食用，但妳好像特意避开。"

沈文倩向来缺乏试新精神，所以即使知道玫瑰花瓣可以吃，她也绝不会尝试，可是男人却自顾自地开始介绍起玫瑰花的药食两用性，强调既能保健，还能治疗各种疾病，因为此花含有大量的维生素和十几种氨基酸之故……

"谢谢你的科普，以前我一直以为这花除了好看，没什么用处。"

"可以理解，就好像漂亮的女人容易被误会无脑……对不起，我不是说妳无脑。"

本来沈文倩没往深处想，这么一澄清，反而尴尬了，想生气也失去正当理由，毕竟人家间接赞美了她的美貌。

"从小到大，我都被当作美女，而非才女。"她自嘲，"倘若被认为无脑，我也不会争辩，毕竟学历摆在那里。"

"无脑不是指学习成绩，而是表现在行为上，好比妳在网上找杀手，这便是无脑的表现。"

听完，沈文倩又惊、又喜、又胆怯，原来坐在对面的正是杀手本人。

"我不认为这是无脑的表现，毕竟我们见上面了。"她努力装出沉稳的样子，"你好，轻舟浅渡。"

哪知男人立刻否认，这下子沈文倩吓坏了，拔腿就跑，结果被拦了下来。

"妳放心，我不是警察。"那男人放开她的手后，立即澄清。

"真的？"

"真的。"

于是沈文倩又坐了下来，与此同时，她的脑海里浮出很多问号。

"我知道妳一定有很多疑问，请稍待片刻。"男人再次凝视玻璃杯里的茶水，"我看到三个男人。"

茶水里有男人？还是三个？开什么玩笑？

"这一点儿都不好玩。"沈文倩沉下脸来，同时举目四望，"摄像头在哪里？"

尽管男人矢口否认录像，沈文倩依旧不信，男人只好将目光再次落在茶水上。

"这三个男人都很白净，"他说，"一个叫CC，一个叫小美，还有一个叫……"

"娇娇。"沈文倩冲口而出，"等等，你怎么知道我老公和别的男人有瓜葛？"

"正确地说，是妳喝过的茶水告诉我这三个男人让妳烦恼不已。"

沈文倩好半天说不出话来，天下的人名何其多，骗子不可能恰好知道她老公的名字里带C（安柏熙）。还有，虽然她不确定"娇娇"是否真实存在，但小美是明确的，因为老公已经亲口证实范荣轩自称是小美。

"虽然我不清楚你的用意何在，"沈文倩答，"但我可以告诉你——你这是白费心机。没错，我老公以前是有过感情纠葛，但现在已经断干净了。"

"是吗？"男人微笑，"那么妳为何要雇用杀手？杀了一个小美，还会有另一个小美，因为妳老公爱的是男人。"

"胡说！"沈文倩厉声喝道，"他爱我，就像……就像……"

"妳明知他爱妳是因为妳的自卑，话说回来，如果妳不自卑，阮丞禹就不可能玩弄妳，妳也不会落入感情的死循环里。"

至此，沈文倩开始相信眼前人真的有某类特异功能。

"看样子你能看到一个人的过去，那么你能预测未来吗？"她问。

"这个得靠奥奇帮忙。"

男人话一答完，一只黑色鸟衔物从二楼的西向窗口飞入，在室内盘旋几个来回后，一个巴掌大的稻草人从鸟喙里掉出来，正好落在板桌上。

沈文倩认出那只黑色鸟正是楼下所见到的八哥，还有，系着红领巾的稻草人也来自楼下（在一堆奇奇怪怪的杂物中，稻草人不算太离谱，但系着红领巾就显得不一般，所以能一眼认出）。

"谢谢你，奥奇。"男人对它说。

然后鸟儿从东向窗口飞出去，一下子便失去踪影。

接下来男人聚精会神地凝视着稻草人，像要将它看穿了似。

"请问……"

"嘘！别打扰我工作。"

于是沈文倩保持沉默。

"咖海豆闻兹……隆巴哇……其虾悦自切……夏晕封欧给……咖海豆闻兹……隆巴哇……其虾悦自切……夏晕封欧给……"男人将双手置于稻草人上方，同时反复吟唱着。

此时，沈文倩忽然发现男人长得像电视上的某位谐星，对照当下，还真有那么点儿娱乐效果。

过了好一会儿，男人才停止这个怪异的举动，然后以笃定的语气说："妳的姻缘还未到，等逢上了，妳会得到真正的幸福。"

"你的意思是我和安柏熙无法白头到老？那小哲怎么办？"沈文倩问。

"妳的孩子自有他的人生，妳只需照顾好自己。"

"那能不能……"

"不能！强扭的瓜不甜，留住人却留不住心，妳又何必？"

沈文倩本来还想请求男人"作法"（将自己老公的孽缘给铲除掉），没想到还未说出口就被拒绝。

"既然这样，那么请告诉我——我的婚姻能否维持到儿子成年？"她问。

男人又看了一眼稻草人，果断摇头。

沈文倩心想安柏熙也太狠了，连这小小的要求都做不到！

"不，妳不应该这么想，正因为他的离开，妳的姻缘才能如期来到，否则有的等了。"

现在沈文倩已经对眼前男人的"读心术+超能力"不表怀疑，但仍嘴硬地答："也许你是对的，但不表示我会照单全收。"

"有怀疑很正常，如果连怀疑都没有，那才需要担心。"男人站起身来，"妳得走了，否则赶不上今日的最后一班长途大巴。"

沈文倩看了一眼手表，时间果然紧迫。

"这茶多少钱？"她问。

"不要钱。"

"怎么可以？我不想欠下人情债。"

"如果妳坚持给，那么拿妳身上的东西做交换，任何一样都行。"

当沈文倩步出茶馆时，一阵微寒的风袭来，她下意识拉了一下披肩，这才发现披肩已被当成茶资留在茶馆里。

"不收钱的茶馆可真怪！"沈文倩苦笑着说，然后往来时路走去。

第三位客人：焦礁

焦礁－1

I

焦礁从小就长得标致（巴掌脸、高鼻梁，皮肤还白皙），连他的母亲都不免感慨："如果焦礁是个女孩，该有多好！"

偏偏焦礁是个男孩，加上名字写下来很阳刚，念起来却很阴柔，所以常成为被取笑的对象。现在回想起来，焦礁的"社恐症"大概就是那时候种下的"病根"。

大学毕业后的焦礁有幸从事不需要面对人的工作（正合他的心意），这当然与他的优渥家境脱不了干系，因为初始的炒股本钱正是他父母给的。

一开始，焦礁像多数的炒股新手一样，涨少跌多，但"学费"交多了，自然也摸索出一些经验来。现在的焦礁虽然算不上股市大神，但多少对这行有些小心得，只要不逢上市场大崩盘，每个月基本都能达到"自给自足且有盈余"的小目标。

这一天，焦礁一直关注的某支股票在快跌到他的心理价位时反弹，搞得他很郁闷，索性合上电脑健身去。

不讳言地说，大二以前的焦礁一直以古代书生的弱不禁风形象示人，若不是某日夜里被两个流氓调戏，他不会积极健身，而带来的变化也是惊人的，最明显的莫过于吸引了一票女性的爱慕眼光，这让他颇为苦恼，恨不得从此在人间隐身，直到多年后在健身房遇到一位同样白净的男人，他才第一次感觉到自己也有被关注的冲动。

"嗨！焦礁。"正在跑步的安柏熙主动向他挥手打招呼。

焦礁小声回复一声后，立即也站上跑步机。等安柏熙下了跑步机，改练臂力时，他也去练臂力，似乎通过这样的"陪伴"，他内心的孤独感会减少一些。

大约一个小时后，安柏熙结束当天的健身活动，并且走向淋浴间淋浴，此时的焦礁却裹足不前（像往常一样），因为他认定自己若跟上，安柏熙一定会发现不对劲，而他不想让喜欢的人起疑。

其实，安柏熙早已发觉不对劲，只是不说破而已，他还是一名在校大学生，不想与"社会人士"走得太近。

回到家的焦礁为自己做了一份减脂餐（白水煮鸡肉、蒜香花菜和蒸玉米）。一吃完，一通电话不期而至。

"焦礁，记得后天回家一趟哈！"他母亲说。

"不了，反正过几天就是端午节，到时候再回。"他答。

"你怎么连你哥的忌日也不回？"

焦礁的哥哥焦俊一直是焦家的荣耀，不仅智商、情商双在线，人也长得魁梧（衬得从小就有女相的焦礁更加柔弱）。然而就是这么优质且男性荷尔蒙爆棚的人，某天却被告知患上不治之症，从发现癌细胞到撒手人寰不过半年的时间。

"对不起，我忘了。"他赶紧澄清，"别的事能拖，这事不能拖，放心，后天我肯定回。"

这个回答让焦礁的母亲稍感安慰，她原本把所有的希望都寄托在大儿子身上，现在大儿子没了，至少还有个小的，她思忖着等焦礁一回家，说什么都得把他扣下，让他担起儿子该尽的责任与义务。

另一厢的焦礁并不明白母亲的心思，依旧若无其事地上网订票，本来打算买当天来回的机票，怕母亲不高兴，又多停留了一晚。对他而言，自己的母亲向来不是问题（只要哄一哄就没事），父亲才是，他连梦里见到他都吓得瑟瑟发抖，何况现实里（这可以解释为什么他不想久留，因为多停留一天，与父亲面对面的机率就相对提高了）。

订完机票，焦礁忽然感觉无事可做，但长夜漫漫，该如何打发？

稍微犹豫了一下后，他还是拿出在国外买的写真集，一边欣赏，一边打手枪，直至发泄完毕，才草草洗澡上床。

然而上床后的焦礁并没有欲望得到满足后的平和，反而更加空虚。他已经32岁，也会渴望爱情，可是目前依旧孑然一身，夜里甚至要靠"意淫兼手淫"来解决生理需求，怎不令人唏嘘？

就在喟然长叹中，今日健身房里的男人忽然窜入他的脑海里，并且逐渐清晰起来。

"他看起来年纪不大，应该还是个学生，如果我主动点儿，会不会吓到他？"焦礁心想。

有了想法，现在就只剩实践，对于有社恐症的人来说，这步难如登天，然而焦礁还是决定试试（可见他有多寂寞难耐）。

隔天，焦礁特地挑安柏熙惯常的活动时段上健身房，可是等了三个小时仍不见对方踪影，让他很是失落。此时的他才意识到自己认真了，这不是个好现象，尤其在不知道对方是否也是基佬（男同志）的情况下。

"看来这件事还得缓一缓，心急吃不了热豆腐，"他对自己说，"等我从厦门回来再做打算也不迟。"

焦礁 - 2

2

鼓浪屿曾是一座人烟稀少的荒岛，自从厦门成为通商口岸后，外国殖民主义者才陆续涌入，并且在岛上建造了教会学校、教会医院、教堂、圣教书局、领事馆等一批西式建筑。与此同时，一些事业有成的华侨也选中鼓浪屿作为落脚点，兴建了大量的公馆、别墅等，据说目前岛上的西式老洋房尚有一千多幢……

之所以提到鼓浪屿，乃因这里有焦礁的童年回忆，后来他父亲的生意越做越大，每日坐船通勤很不方便，全家才不得不搬到陆地上（筼筜湖片区）居住，直到焦礁离家上大学，事情才又有了变化。

"妈，我是先回鼓浪屿还是直接到墓园？"下机后的焦礁打电话询问母亲。

"直接到墓园吧！省得来回跑。"

去年的五月十日，焦礁的哥哥因病去世，今天是他的第一个忌日，焦母面对坟头，哭得肝肠寸断，连焦礁也忍不住红了眼眶。

待情绪平复后，才开始一系列的仪式，等仪式都走完，参与者分别坐上好几辆车离去。

"真快！焦妍也上中学了。"上了出租车的焦礁对母亲说。

"别跟我提那个女人生的孩子。"

看来母亲仍然对父亲的出轨耿耿于怀，焦礁识趣地闭上嘴巴，直到上了渡轮，他的母亲才有了好脸色，开始问起他生活上的种种。

"一切都很好，吃得饱、睡得香。"他答。

"有对象吗？"

"没有。"

看母亲沉下脸来，焦礁重申当单身贵族的快乐。

"你现在无病无痛，当然好，等老了就知道，人终归得有个伴儿。"

"妳不也挺好的？"

"我是没得选，"他母亲很快地答，"你不一样，但凡能选择，总得选对自己有利的，你说是不是？"

焦礁认为不是母亲没得选，而是她执着地选择一个对她最不利的选项，导致在三个人的博弈中，没一个赢家，通通是输家。

"妳说的不无道理，"焦礁附合，"从现在起，我要选择听妈妈的话，因为这个对我最有利。"

虽是玩笑话，但听在焦母耳里却很受用，她已经失去大儿子，现在能依靠的也只剩小儿子了。

从三丘田码头下船后，这对母子边走边聊，不知不觉已行经所有的网红景点，包括红墙最美转角、晴天墙、三角梅墙、船屋、汇丰公馆、月光岩、笔山路台阶、大会审公堂、白墙最美转角、三一堂等，当闻到龙眼树的香气时，焦礁知道离家不远了。

"咱家的龙眼是不是已经成熟了？"他问。

"还没呢！不过也快了，等秋天一到，男主人就能吃个痛快了。"母亲开心地答。

焦礁对"男主人"一词感到迷惑，但他没多问，今天是哥哥的忌日，母亲好不容易才甩开阴霾，展露笑颜，他不想让好气氛消失，于是说："当然得吃个痛快，不吃到流鼻血，誓不罢休！"

龙眼属于热性水果，吃多了容易上火，焦礁的说法（吃到流鼻血）虽有些浮夸，但理论上没错，只是这个无心插柳的回答却给了他母亲开启另一个话题的机会。

"吴教授的女儿也爱吃龙眼，听说曾吃到流鼻血。"焦母边说边拿钥匙开门。

"吴教授？谁呀？"焦礁问。

"就是你哥的博导，他的女儿叫吴巧如，五官长得很端正，个性也好。"

焦礁感觉但凡用"五官端正"来形容一个人，结局都不太妙。

"这女的跟哥的未婚妻比起来怎么样？"他问。

"好好的，你提尤瑞莲干嘛？"

看母亲又不开心，焦礁只好故左右而言他，忘了问母亲为何忽然提起一个八竿子打不着的女人？

当黑夜降临，餐桌上摆满了菜肴，都是焦礁爱吃的。

"妈，妳不应该准备得这么丰盛，以后若吃不到，我岂不想死？"焦礁说。

"你若想吃，我再做就是，这有什么难的？我若不在，吴巧如也会做，说不定做得比我还好。"

一天之内听到同一个名字两回，这太不正常了，母亲的"司马昭之心"昭然若揭。

"妈，妳可别把人给请来，因为我明天就走。"焦礁说。

"明天？"焦母扬起声，"你大老远回来，就只待一晚上？"

焦礁很想答连这一晚还是为了照顾母亲的心情而留下，但话终究没说出口，而是另找了个借口——最近股票行情好，他不想错过时机。

"买卖股票可以网上进行，"他母亲马上接口，"你休想骗我这个老太婆！"

"可是家里还养猫，我若不回去，它就要饿死了。"

焦礁的母亲没来过他的公寓，不知道这栋公寓有禁养小动物的规定，所以一时哑口无言，焦礁不免心中窃喜。

"既然这样，"他母亲思考过后答，"明天见过吴巧如再走，本来约好周末，看来现在只能提前了。"

听完，焦礁五雷轰顶，怎么到头来还是没能逃过如来佛的手掌心？

焦礁 _3

3

焦礁永远记得刚考完高考的那天傍晚，他还没来得及放松心情，便被屋內的争吵声给吓到。

"走！"他的哥哥对他说，"我们去商场逛逛，顺便吃点儿东西。"

"可是……"

"没什么可是不可是，为了陪你高考，我特意赶回来一趟，怎么也得听我一次吧？！"

后来在一家日本料理店的包厢內，焦礁第一次听说父亲有了外遇，时间长达八个月，父母为了不影响他考大学，刻意隐瞒下来，直至今日……

"他们……会离婚吗？"焦礁问。

"不知道。"焦俊停顿了一下，"妈本来还抱着希望，哪晓得萧阿姨怀上了，所以事情变得有些棘手。"

"萧阿姨？"焦礁的脑海里立刻浮现一张熟悉的面孔，"这位萧阿姨该不会是我们认识的那一位吧？！"

当看到哥哥点头时，焦礁两眼一黑，怎么一个从小就认识的长辈会和自己的父亲搞在一起？这是什么世道？

"妈一定很伤心。"焦礁说。

"那肯定的，被最亲近的人欺骗，任谁都会不好受。"

焦礁的内心起伏很大，平常他自诩对周遭的一切观察敏锐，怎么出了这么大一件事，自己却是最后一个知道？与此同时，他也试图在回忆里寻找父亲与萧阿姨曾有过的暧昧痕迹（哪怕一个动作、一个眼神），可惜仍一无所获，如此缜密的保密功夫，反倒让他起疑——这两人真的只在一起八个月吗？

他的疑问让焦俊立马紧张起来，他告诫自己的弟弟别火上浇油，八个月就八个月，只要妈信了就行。

焦礁当然不致于如此孟浪，不说别的，光为了照顾母亲的感受，他也不会哪壶不开提哪壶，不过"被背叛"的感觉可不止母亲有，焦礁同样也有。

从小到大，父亲对焦礁来说就是矛盾的存在，他一方面仰视他，一方面又畏惧他，尤其做父亲的老看他不顺眼，动不动就冷嘲热讽，连"烂泥扶不上墙"这样残忍的话也说得出口，他怎能不恨？唯一能说服焦礁去原谅的是——至少父亲对家是忠诚的。如今连这点也失去，那才叫个心寒，焦礁感觉"被背叛"也就不难理解了。

"哥，现在我们该怎么办？"他问。

焦俊叹了口气，答："感情的事不好说，咱们还是静观其变吧！"

后来的结果在焦礁看来很是奇葩，母亲宁愿一家人四散（焦俊留在北京读研，焦礁离家上大学，母亲重回鼓浪屿生活，筼筜湖的商品房则留给父亲和萧阿姨居住），也不愿离婚。

就在焦礁以为这已经到头时，没成想，更加离谱的事发生了——当焦妍出生后，为了上户口，母亲竟同意收养这个原本她该恨之入骨的孩子……

时光荏苒，岁月如梭，当年的新生儿转眼也长成亭亭玉立的大姑娘。从表面上看，皆大欢喜（萧阿姨得到了爱情，父亲拥有了齐人之福，母亲则保留住正宫的位置），实则冷暖自知。拿母亲来说，物质上是不匮乏，但精神上却很贫穷，尤其大儿子故去后，她的小小世界在一夜间轰然倒塌，还好焦礁不吝把胸膛让母亲靠一靠，不过这不表示他愿意在婚姻上让一步。

"哎呀！都几点了，"母亲拉开被子，"你也该起床梳洗一下，人马上就到。"

焦礁揉揉惺忪的睡眼，问："谁马上就到？"

"吴教授和他女儿呀！"

焦礁一听，立刻泄了气，把被子抢过来，准备重新入睡，谁知被母亲一把拉起，他只好心不甘情不愿地走进浴室冲澡。等他出来后，母亲已经把挑选好的衣服摊在床上。

"这是干嘛？吃个饭而已，怎么搞得像皇上登基一样？"他说。

焦母拍打儿子一下，要他别贫嘴，穿了就是。

别看焦礁在家里很放松，甚至金句不断，但一接触到外人，什么都不对了。

"焦礁，"焦母笑得很勉强，"吴教授问你话，你怎么不答？"

"我不知道该怎么答，就是逢低买入，等涨了再卖。不过也难说，有时股价降了，反而要等一等，同样的道理，涨了也不一定要卖。"

这个回答倒不如不答，双方家长尴尬得脚底都能抠出个两室一厅。

"咳咳！"吴教授干咳两声，"小女去年开始在大学当讲师，也许你有问题要问。"

吴教授的女儿叫吴巧如，五官果然长得端正（事实上太端正了，乍看之下，什么都是方的，方方的脸，方方的身材，连发型也是方方的妹妹头）。

"我……没什么要问的。"

这个回答倒不如不答，现在双方家长尴尬得脚底都能抠出个三室两厅。

"咳咳！"焦母干咳两声，"吃菜吃菜，这家的蚝仔煎和土笋冻是招牌，你们一定要试试哈！"

焦礁知道自己把事情搞砸了，这一来反倒心安，心一安，自然吃得多，连嘴巴上沾了酱汁也浑然未觉，直到吴巧如将纸巾递过来，同时示意他拭嘴，他才惊觉自己出了洋相。

"谢谢！"焦礁接过纸巾擦拭，同时低下头来，好掩饰尴尬。

"看来你的胃口很好。"吴巧如说。

"平常还行，今天吃的比较多。"

"为什么？"

焦礁一时愣住了，这该如何回答？还好他的母亲及时救场，表示焦礁昨天才回厦门，平常哪吃得到这些好东西？当然胃口大开了。

因为这个回答，话题转向焦礁目前居住的城市，并且衍生出何时搬回厦门的问题。

"我不……"

焦礁话还没答完，他的母亲又抢了去，给出"等养的猫找到好人家，他就会搬回来住"的答案。

"你养的猫是哪个品种？"吴巧如顺着话题问。

焦礁根本没养猫，那不过是临时想出来，用来糊弄母亲的借口而已。

"什么品种？"焦礁喃喃道，"让我想想……"

"是不是布偶猫？"

"对，就是布偶猫。"

"那还是别送人了，布偶猫既可爱又温顺，连我都想养一只呢！"她停顿了一下，"话说回来，现在交通发达，想去哪儿，不过是一张机票或一张车票的问题，所以如果已经习惯了一个地方，大可不必大费周折地换环境。当然，偶尔回家探望一下家人是应该的。"

焦礁想说的话，没想到被一个认识不到一个小时的人给说了，他的感激自不在话下，不过听在焦母耳中又是另外一番景象（女方在厦门教书，除非想谈异地恋，否则怎会赞同？这岂不是绕着圈子拒绝人？）。

虽然心里不痛快，但焦母不动声色，打算将这场已经注定失败的相亲饭进行到底。

反观焦礁，他尚不清楚自己摊上了麻烦，依旧大口大口地吃着美食……

焦礁_4

4

焦礁订的是晚上七点十分起飞的航班，所以一回到家，他便动手打包行李。等打包完毕，他母亲也提着行李过来。

"妈，妳这是要去哪儿？"焦礁问。

"你上哪儿，我就上哪儿。"

"开什么玩笑？"

"不开玩笑。"焦母一脸正经，"今天的相亲算是报销了，我们得为下一次做准备。"

"所以呢？"

"我跟着你回去，看着你把房给退了。你的猫若能找到领养人最好，找不到就带回来养。"

焦礁懵了，怎么才一会儿工夫就风云变色？

"妈，妳没听吴巧如怎么说的？她说如果已经习惯了一个地方，大可不必……"

"我知道她说了什么，"焦母立即接棒，"这就是说话的艺术，既拒绝了人，又不伤和气。"

焦礁再次懵了，明明说的是交通便利，不必刻意搬来搬去，怎么到了母亲这里就成了不一样的故事？

"妈，这到底是怎么回事？妳叫我跟陌生人吃饭，我去了，现在妳又不开心，还硬要跟我一起上飞机，是不是非把人逼疯了，妳才称心如意？"

焦礁以为母亲听得出这是个玩笑话，哪知恰恰相反，她瘫在椅子上泪眼婆娑，这可把焦礁吓坏了，又是倒水，又是揉背，好不容易才让母亲停止哭泣。

"妈，"焦礁柔声地问，"妳能告诉我，妳想要什么吗？"

"我想要个孙子，最好还是带把的。"

这真有难度，他连"男朋友"都没有，遑论"女朋友"。

"除了这个，其他都好商量。"焦礁说。

"我也是，除了这个，其他都好商量。"他的母亲答。

焦礁沉默了，搞不懂为什么老一辈的人对传宗接代如此执着？难道人生还不够苦吗？何必把别人也拖下水？

见儿子闷不吭声，焦母终于说出她急于抱孙的理由，原来焦妍已经13、4岁，动作快一点儿的话，五年内可以结婚生子，如果焦礁不赶紧生娃，难保焦家的产业最后不会落入他人之手，到时候就叫天天不应，叫地地不灵了！

焦礁没料到母亲会把未来二、三十年可能会发生的事提前推演了一遍，不过她的担忧倒也不是空穴来风，以父亲顽固的个性和对传统思想无可救药的膜拜，还真有可能选边站。

见儿子依然不言不语，焦母语重心长地说："本来也没指望你，偏偏你哥走得早，他若不走，我现在也抱孙了。"

说起焦俊，当年拿到硕士学位后便顺利入职一家科技研发公司，哪知工作几年后，他又决定回学校读博，婚姻大事就这么耽搁下来。查出罹癌是刚订婚没多久的事，化疗期间，他的未婚妻尤瑞莲一直不离不弃，能做到这个份上，挺不容易的，所以即使后来尤瑞莲又谈了朋友，并且快速移民到美国，焦礁也从未埋怨……

"我挺理解妳的，"焦礁对母亲说，"不过妳总得给我时间挑一挑。"

"就算给你十年，你会挑吗？"他的母亲答，"我看还是相亲比较快，一个不行，再换下一个，总会挑到合适的。"

看这个势头，焦母是铁了心扛到底，焦礁若不退一步，今天很难逃脱，于是他给出一年的期限，一年内若没谈到朋友，任凭母亲安排。

"一年？你说的？"他母亲不放心地一问。

"我说的。"

有了儿子的保证，焦母不再执意跟着，反而催促他快走，免得误机。

上了飞机后，焦礁才开始焦虑起来，他有社恐症（尤其害怕与女人相处），他要如何在期限内找到愿意跟他生孩子的人？这可真是个大难题呀！

焦礁 5

5

回自己的小家后，焦礁隔了两天才上健身房，结果一抵达便被玻璃门上的通告给吓到了，忍不住骂道："操！我上个月才交的年费。"

"我更惨，"安柏熙从他背后现身，"上礼拜才交了两千四。"

"两千四？不是两千吗？"

安柏熙听完，愣了一下，接着把他所知道的脏话全数奉上。

"别生气了，"焦礁说，"既然健不了身，我们何不去游泳？我知道有个会员制的游泳池，水质好，人也少。"

后来他俩真的去游泳，游完泳又一起去吃火锅，不巧安柏熙的白T恤被滚烫的红油给溅到，看起来很不雅观。

"我的公寓就在附近，你可以到我家换件衣服。"焦礁提议。

其实安柏熙的家离火锅店也不远，但他还是点头同意了，导致日后提起是谁追的谁，总扯不清。

"肯定是你追的我，"焦礁说，"你家离我家就一站地，我一喊你，你就过来，这不明摆着？"

"那你为什么喊我？"安柏熙抓住把柄问。

"还不是……还不是因为你的衣服脏了嘛！"

安柏熙比焦礁小了足足一轮，但为人处事却有他这个年纪不该有的成熟。相形之下，焦礁更像是个弟弟，尤其他俩的第一次，还把安柏熙给整无语了。

"你……你已经出社会好多年了，怎么……"安柏熙不解地问。

"别问了，"焦礁把脸埋进枕头里，"你如果不满意，大可走人。"

安柏熙当然没走，难得遇到一个"三十多岁还守身如玉"的人，他爱护都来不及，怎么舍得离开？只是交往是一回事，公开又是另一回事，安柏熙的理想状态便是在无人知晓的情况下做爱做的事，那么焦礁是否也做如是想？

当安柏熙以隐晦的方式试探焦礁时，得到的答复是——感情是两个人的事，无需公开。

既然如此，那再好不过，于是安柏熙放下所有的顾虑，专心与焦礁交往。

某天，巫山云雨过后，焦礁问安柏熙："你唤我的名字时，心中想的是哪个Jiao？"

"这有差别吗？"安柏熙反问。

"有，我很想知道。"

于是安柏熙在焦礁耳边低语："是女字旁的娇。"

焦礁就知道会是这个结果！每个唤他名字的人，多少带着捉狭的心理，这可以从他们暧昧的眼神以及似笑非笑的表情中看出。

"你怎么了？"安柏熙搂住他，"生气了？"

“嗯！”

“为什么？”

于是焦礁道出自己曾受过的嘲弄。

“原来你也遭遇过校园霸凌。”安柏熙说。

“没那么严重啦！”焦礁马上澄清，“多亏我有个声名远播的哥哥。”

这当然是从好的方面来说，从坏的方面来说，就不是那么回事了。

曾经有人问过焦礁：“有个完美哥哥是种什么体验？”

焦礁的答案是——痛苦且快乐着。

上学期间，所有的老师都曾对他说过焦俊的丰功伟绩，并且对他有过同样的期许。事实证明焦俊是焦俊，焦礁是焦礁，他再怎么努力也及不上哥哥的十分之一。这种反差衬得焦礁更加失色，加上“雌雄莫辨”的外形和安静的个性，这类人其实很容易被针对，但他硬是从没被同学霸凌过（顶多因名字被取笑而已），想来大概是惧于他哥哥的万丈光芒，不想把事情给做绝了。

所以有这样的哥哥到底是幸还是不幸？这很难说，不过焦礁是真爱他的哥哥，因为在他的家里，母亲太难以捉摸，父亲又太强势，只有比自己大五岁的哥哥既当爹又当妈地照顾他，让他还能感受到家庭的温暖。这也是焦礁一直无法接受哥哥死亡的原因，如果他们兄弟俩之间注定有一人会早死，那也应该是平庸的自己才是，他甚至认为父母也有相同的想法，那才是最伤的……

这是安柏熙第一次从情人口中得知他的家庭状况，与自己相比，焦礁实在太可怜了，他愿意为这个可怜人带来欢笑。

“这样啊！那我以后不叫你女字旁的娇，改叫你草字头的jiao。”

焦礁想了一下，立马捶打枕边人，直呼他好色！

"我说错了吗？"安柏熙抓住焦礁的拳头，"你的确是我的小香蕉啊！"

时光荏苒，两个男人的爱情从五月进行到来年四月，焦礁见证了安柏熙戴上学士帽，再到接受空服员培训的整个过程，当他正式穿起空少制服时，他俩已经在一起近一年，只差同居（安柏熙与父母同住，夜里肯定得回家睡觉）。

"CC，你什么时候飞厦门？"焦礁边帮安柏熙擦背边问。

"不知道，看公司怎么安排。"

"五月十日是我哥的忌日，我想把你介绍给我哥。"

安柏熙一听，原来是见焦礁最爱的哥哥，那么即使下雪落雹也得去。

这个表态让焦礁很是欣慰，纵使他清楚地知道"见哥哥"不是此行唯一的目的……

焦礁—6

6

两个月前，焦礁的母亲便开始询问他是否会带女朋友回家？他的答案总模糊不清，直至母亲表示已经帮他物色了几名不错的姑娘，他才改口焦俊忌日那天，他的"伴侣"也会一同前来祭拜。

"太好了！你女朋友叫什么名字？多大年纪？做什么工作？老家在哪里？"

隔着屏幕，焦礁都能感受到母亲的喜悦之情。

"到时候见面就知道了。"焦礁意兴阑珊地答。

为了这次会面，焦礁想了不下十几种借口，最后都被他一一给否决掉，因为他的母亲虽然外表柔弱，但心思却复杂得很，一点点儿的蛛丝马迹都能唤醒她那无穷无尽的猜疑心，与其玩捉迷藏的游戏，倒不如诚实为上策，反正伸头一刀，缩头也一刀。

虽然焦礁已经下定决心破碗破摔，但表情是骗不了人的，安柏熙问他是不是有什么心事？

焦礁本来想随便搪塞过去，最终还是选择说实话，毕竟安柏熙是当事人之一，把他蒙在鼓里很不道德。

"不不不，你可千万别公开我们的关系！"安柏熙大惊失色，"历史证明所有承认出柜的人，最后都死得很惨。"

"那怎么办？我已经承诺一年内若没找到结婚对象，任凭母亲处置。"

安柏熙想了想，回答自己有主意了，要焦礁不用担心。

"说来听听。"焦礁颇为兴奋地一问。

"现在说就没意思了。"

见安柏熙一副胸有成竹的样子，焦礁遂不再追问，并且为"终于甩了烫手山芋"而高兴。

他俩后来按照原计划进行（五月九日下午，焦礁搭乘安柏熙值勤的班机一同飞往厦门），当抵达焦家门口时，夜幕已经降临，衬得屋子有点儿阴森的气息。

"你家墙上怎么长草了？"安柏熙问。

"那不是草，而是一种叫爬山虎的藤蔓。"

"为什么不铲除？"

"我妈喜欢。"焦礁边答边按下门铃。

才一会儿工夫，安柏熙便见到焦礁的母亲，一个保养得很好，但眼神不怎么友善（甚至带点儿敌意）的中年妇女。

"焦礁，这位是……"

还没等焦礁回答，安柏熙便做自我介绍："伯母您好，我叫安柏熙，您可以叫我小安，我是焦礁女友的表哥。"

听到这个回答，焦礁的眼睛睁得好大，心想这是什么操作？

"原来是表哥，"焦母明显轻松不少，"怎么你表妹没来？"

"她得了急性肠胃炎，因为之前已经答应前来，怕失礼，所以让我代替她先来与您打声招呼。"

"好好好……"焦母笑得眉眼弯弯的，同时侧过身去，"快进来，你和焦礁先在客厅坐会儿，我炒两个菜，很快就能上桌。"

这两人进门时已接近夜里八点，为了等儿子和客人，焦母特意把能快炒的菜摆在最后。

待母亲进厨房忙活，焦礁才压低声音问："你葫芦里卖什么药？"

"能有什么药？我是沈文倩的表哥，三点水的沈，文章的文，倩女幽魂的倩，记好了，别出纰漏！"

焦礁从未听说过这个名字，以为是安柏熙临时杜撰出来的，但事实恰好相反，沈文倩不仅确有其人，还与安柏熙约会过好多次，只是焦礁不知情而已。

不到一刻钟，焦母便喊可以吃饭了，看着一桌丰盛的菜肴，安柏熙一时竟不知如何下箸。

"小安，你尝尝佛跳墙。"焦母用筷子指向正中央的瓷瓦罐，"我准备了三天呢！"

佛跳墙是福建省的名菜，选用鲍鱼、海参、鱼唇、牦牛皮胶、杏鲍菇、蹄筋、花菇、墨鱼、瑶柱、鹌鹑蛋等高级食材，加入高汤和福建老酒后，以文火煨制而成。由于所费不赀且烹煮麻烦，通常只有特别的场合和日子才会出现在餐桌上，可见焦母多么重视这次的会面。

此时的焦礁主动盛了三碗佛跳墙，给安柏熙的那碗不含海鲜。

"你这孩子！"焦母瞪了自己的儿子一眼，"怎么不给客人吃好料？"

"C……安柏……小安不喜欢吃海鲜。"

焦礁以为自己反应及时，可是他母亲却起疑了，问他俩是否很熟？

"熟，当然熟。"安柏熙抢答，"沈文倩还是我介绍给焦礁的呢！"

因为"焦礁女友"的出现，焦母的注意力立刻被转移，接下来吃了多久的饭，就问了多久的问题，把沈文倩的老底都掀了个遍。

"看样子这是个条件不太好的孩子，不过我很开明，只要人乖乖的，身体健康就行，其他都不重要。"焦母最后下结论。

"我也是这么想的。"安柏熙冲口而出。

这个回答让焦母有些迷惑，安柏熙也自觉失言了，为了再次转移注意力，他问焦礁的母亲要不要看沈文倩的照片？

"你有照片？"焦母两眼发光，"快让我瞧瞧！"

那是一张两个人的合影，如果不是早知道这两人是亲戚关系，焦母恐怕要以为这是一张情侣照。

"这女孩长得真美，配我家焦礁正好。"说完，焦母还特意看了自己的儿子一眼。

与母亲的满意不同，焦礁的怀疑全写在脸上——怎么安柏熙和这个女人如此亲密？她真的是他的表妹吗？

吃完饭，又吃了点儿水果，焦母才放两人去休息，焦礁当然睡在原来的房间，客人则被安排住在顶楼。对此，两人皆无（也不敢有）异议。

夜里，躺在床上的焦礁辗转反侧，他越想越不对，决定上楼问个明白，哪晓得安柏熙已经呼呼大睡，看来只能另外挑个合适的时机再问。

次日，阳光明媚，起床后的焦礁先到安柏熙的房间，结果床上空无一人，倒是阳台有个身影。

"你起得可真早！"焦礁走向背对他的人，"昨晚睡得好吗?"

"很好。"安柏熙指向远方，"看！那是厦门的双子塔，从你家阳台竟然看得到。还有，昨晚你家看起来怪吓人的，今晨一见，却有不一样的感觉，既古朴又清幽，连爬山虎也别有一番风味。"

焦礁对这样的赞美并不感兴趣，他想问的是安柏熙与照片中女孩的关系。

"CC，昨天……"

话还未讲完，焦礁的母亲站在庭院仰头高喊着："原来你们已经醒了，快下来吃早饭，待会儿还得出门呢！"

想到今天是哥哥的忌日，焦礁把话吞下，和安柏熙一起下楼去……

焦礁_下

7

焦礁的哥哥已经去世两年了，但面对坟头，焦母的眼泪还是哗哗哗地流，搞得焦礁不知如何是好，还是安柏熙机灵，他首先先向素未谋面的焦俊做自我介绍，接着适时提到"表妹"。此话一出，焦礁的母亲果然忘了哭泣，开始对焦俊絮絮叨叨起来，在她的描述下，这位"未进门的儿媳妇"哪哪都好，堪称完美！

"妈，我认识沈婉倩不过几个月的时间，可是妳好像已经认识她八百年了。"

焦礁自以为幽默，其实捅了个大娄子。

"瞧你，怎么把人名给搞混了？"安柏熙说，"沈婉倩是你的健身教练，你的女友叫沈文倩。"

焦礁被当头一棒，立即承认口误。

"还好我表妹不在这里，"安柏熙继续说，"否则事情大条了。"

这两人唱完双簧，同时看了焦母一眼，后者把眼光移开，嘴里念叨着："该上香了，香呢？我想想放哪儿了……"

回鼓浪屿的路上，焦母全程冷漠，到家后，却变得有说有笑，这太不正常了！

安柏熙思忖得赶紧脚底抹油，待得越久越不利。

当他把这个念头告诉焦礁时，焦礁不苟同，因为他已经告诉自己的母亲明天走，倘若现在就离开，岂不是更加疑点重重？

安柏熙想想不无道理，那就让焦礁单独留下，自己先到厦门市区转转，明天两人在机上会合。

焦礁虽然不乐意，但眼下也没别的法子，只能让情人先避避风头。

主意一打定，安柏熙拿好行李，下楼与焦礁的母亲告别。

"怎么这么快就走？"焦母说，"是不是哪里招待不周？"

"您言重了，公司临时调班，我不得不提早离开。"

"那么路上小心点儿，记得替我问候你表妹。"

"……会的。"

安柏熙前脚一走，焦母立刻质问自己的儿子为什么要撒谎？

"撒……撒什么谎？"焦礁反问，两腿不由自主地打颤。

"沈文倩是小安的女友，不是你的，为了欺骗你老母，你可真是用心良苦啊！"

母亲没发现他和安柏熙的亲密关系，反倒让焦礁大松一口气，索性顺着误会发挥下去。

"没错，我是请朋友帮忙演了一出戏，妳别怪小安。"

"我不怪他，不过你得信守承诺，现在由我来安排你的终身大事，直至定下来，你才能离开鼓浪屿。"

"好。"

儿子的无条件配合让焦母很是满意，殊不知这是烟雾弹，焦礁的如意算盘是这么打的——只要一直对相亲对象不满意，拖过一段时间后，母亲终究会放过自己，因为小地方的消息传得很快，如果多次相亲仍不成功，久而久之，乡亲们只会从本人或其原生家庭找问题，他母亲的脸皮很薄，绝对禁不起舆论压力……

当晚，焦礁借口出门买金包银（厦门的特色小吃），悄悄溜到无人处打电话。安柏熙一听说焦礁的母亲认定沈文倩是他的女友时，哈哈大笑起来。

"你笑什么？难道这是真的？"焦礁终于问了埋藏在心里两天的疑问。

"当然不是，你想多了。"

有了安柏熙的否认，焦礁总算放下心中巨石，同时把接下来的计划据实以告。

"话是这么说，但搞不好你会看中相亲对象。"安柏熙说。

"绝无可能！我的生命中除了你，不会再有别人。"

焦礁以为安柏熙会趁机表忠贞，结果他却说了莫名其妙的话——只要心中有彼此，形式是什么不重要。

"我不懂，你能告诉我这是什么意思吗？"焦礁问。

"有一天你自然会明白。"他答。

等焦礁真正明白过来时，安柏熙已经使君有妇了。

"你……你怎能这样？"焦礁捂住头，"我对你的爱从来没变过，到头来你却结婚了，为什么？为什么要对我这么残忍？"

"听着，"安柏熙捧住他的脸，"我俩的关系注定见不得光，既然改变不了世俗，那就按规矩走，何苦鸡蛋碰石头？实话告诉你，我娶沈文倩只是为了传宗接代，没有任何感情因素在里面，你同样也可以结婚生子，这并不妨碍我们在一起，就像现在这样。"

此时此刻，他俩刚结束温存，地点是厦门市区的某个酒店（为了不让沈文倩发觉有异，安柏熙刻意飞来厦门幽会，每周至少一次）。

"不，"焦礁推开情人，"我不是你叫的免费男公关，你让我觉得自己好脏、好廉价。"

"行！"安柏熙跳下床找散落一地的衣裤，"你什么时候想通了，什么时候再来找我。"

谁能想到这一别竟是七年……

焦礁_8

8

当母亲告诉焦礁——彬彬得了"算术小标兵"的奖状时，他还以为是亲戚家的孩子。

"你傻啊！"他母亲在电话里嚷着，"说的是你的孩子，他已经上幼儿园小班了，老师说这个年纪的孩子可不是每个都会个位数的加减法喔！"

焦礁记得上回见面时，焦彬还在学走路，怎么一下子就上幼儿园，还会加减法？时光到底施了什么法术？

"妈，小孩子就让他多玩玩，别给他加功课，这时候不玩，什么时候玩？"

"你别管，我就这么一个孙子，还会害他不成？对了，下礼拜是你哥的忌日，记得回来一趟。"

这是焦俊的第九个忌日，让人不禁感慨流光易逝。

"知道了，我一定回。"他答。

为了这次回家，焦礁做了一系列的准备工作，除了分别给母亲和彬彬买了礼物外，还到移民局办理回头签，同时不忘上物业办公室预存一笔水电费，省得回来后没水没电的。

等一切都办好后，他坐上开往机场的出租车。

当飞机起飞到一定高度时，他从舷窗往下探去，一畦畦的绿地很是养眼，甚至还能看到蜿蜒的湄平河，据说这是泰国母亲河（湄南河）的源头……

"小伙子，"坐在焦礁隔壁的老先生忽然开口，"你看得懂泰文吗？"

"基本看得懂。"他答。

"太好了！"老先生把他的护照递过去，"你帮我看看这是不是回头签？"

焦礁定眼一看，上面写的是英文，不是泰文，不过这不妨碍他阅读。

"是的，这是单次的回头签，下次若离开泰国还得再办。"

"谢谢！"老先生拿回自己的护照，"也不知还有没有下次，都这个岁数了，什么都不好说。"

老先生的人生感悟没错，但焦礁认为"无常"与岁数没多大关系，反而跟命运有关，好比他从未想过自己会年纪轻轻就出国，并且以学生的身份留在泰国清迈，一住就是七年……

提这个，当然得话说重头。想当年为了疗情伤，焦礁踏上了旅途，可惜不论身处何处，依旧逃不过母亲的索命连环call，于是索性飞到离西双版纳只有200公里远的清迈（他把国内的手机卡取下，换上泰国的，母亲没有新号码，自然无法call他），然后以学习泰语的名义留下来。等他知道单身人士也可以在泰国做试管婴儿时，那是一年以后的事，这无疑给了焦礁一劳永逸的机会，他立刻付诸行动。当焦母见到两年未见的儿子抱着一个婴儿出现时，所有的怨气都一扫而空，取代的是初为祖母的喜悦。

见目的（完成母亲的心愿）已达成，焦礁再次出国，除了偶尔回国探亲，基本已成"海外人士"。

"你回来了，"他母亲让开身来，"小声点儿，彬彬还在睡觉。"

清迈没有直飞厦门的航班，加上落地后还得上岛，焦礁到家时已过了午夜12点，没想到他母亲还在等门。

待他在沙发上坐下，母亲问他想吃什么？

"我在机上吃过了，不饿。"他答。

"那吃点儿水果，今天的西瓜可甜了。"

焦礁的母亲没留意到自己的儿子刚从素有"水果王国"美称的泰国归来。

"妈，我不吃了。事实上我很累，想先洗个澡，然后上床睡觉。"

"那快去！对了，你看彬彬时，记得小声点儿，别吵醒他。"

如果不是母亲提起，焦礁压根儿没想过该看看许久未见的儿子。

淋浴完毕，就在准备上床前，焦礁还是决定看一眼彬彬，结果一打开房门，一股儿童身上才会有的奶香味立即扑来。他走近一看，小家伙长得很结实，虎头虎脑的，煞是可爱，只是一点儿也不像他。

至于像谁？当然像他的妈妈，不过焦礁从未见过这位卵子提供者（代孕妈妈倒是见过），只知她是一名华裔，本科学历。

焦礁轻轻抚摸一下儿子的头，算是表达了做父亲的关爱，然后转身回到自己的房间。

隔天，母亲过来唤他，他翻了个身，继续呼呼大睡。等他醒来时，儿子已经上学去了。

"彬彬知道你回来，高兴得要命，嚷着要你送他到幼儿园。"母亲边盛稀饭边说。

"我睡死了，明天，明天我一定送他上学。"焦礁答。

"明天是你哥的忌日，"焦母把小菜一一推到焦礁面前，"我已经帮彬彬请假了。"

焦礁噢了一声，埋头干饭。

"你吃，我说。"他母亲坐了下来，"彬彬现在上幼儿园小班，老师问我怎么都是奶奶带着上学？我回答孩子的父母都在国外工作，算是搪塞过去，但这终究不是办法，等他上小学，人更多，嘴更杂，你就不怕自己的儿子自卑？"

"到时候我就回国定居呗！"

"那孩子的妈呢？"焦母停顿了一下，"我也知道彬彬是试管婴儿兼代孕出生，但他也会想要有个妈妈。"

"我以为我们已经对此讨论过了。"焦礁放下碗筷，表情严肃，"孩子我已经帮焦家生下，义务算是尽了。"

"可是……"

"我吃饱了。"焦礁猛然站起，"我出去走走，妳别跟来。"

鼓浪屿最不缺的是游客，而且貌似逐年增加，走在小岛上，焦礁竟然有种疏离感，这还是他印象中的家乡吗？

又走了几步，气急败坏的声音忽然传来。

"姓安的，我命令你半个小时内出现，否则后果自负！"女孩说完，把手机扔进包里，然后开始补妆，就在人来人往的大街上。

焦礁刻意看了女孩一眼，即使化了妆，颜质仍属中下，安柏熙应该瞧不上眼。

脑海一有这个念头，焦礁立刻自责起来，怎么还会想起这个人？早八百年前的事了……

可是接下来，那人却如影随形，当他爬坡时，想的是安柏熙；当他下坡时，想的是安柏熙；当他望海时，想的是安柏熙；当他不望海时，想的还是安柏熙。

"CC，"焦礁的内心独白着，"你说你对我如此残忍，为什么我还会不断地、不断地想起你来？"

浣纱路上的焦礁……

焦彬对许久未见的父亲无疑充满期待，可是当真正面对面时，这孩子却躲进奶奶的怀里，怎么也不肯迈出第一步。

焦礁灵光一闪，把事先准备好的礼物摊在桌上，这招果然有效，只见焦彬离开奶奶，将礼物一一拿起，又一一放下。

"彬彬，"焦礁喊着，"这些都是我买的礼物，全是你的。"

"怎么没有尤达宝宝?"孩子问。

焦礁看了自己的母亲一眼，没有得到答案，遂问儿子什么是尤达宝宝? 当得知是星际大战影集《曼达洛人》里的人物时，他直接问儿子哪里能买到?

"杨唯嘉的尤达宝宝是在迪士尼乐园里买的。"他答。

"那有什么问题? 过两天我们就上迪士尼乐园玩，顺便买尤达宝宝。"

"真的?"

"当然是真的。"

有了这个承诺，父子俩的距离拉近不少，这可以从焦彬主动拉自己的父亲坐下，两人一起玩新买的玩具中看出。

焦母见状，很是欣慰，这不是长久以来一直期盼的温馨画面吗？

给焦俊上过香后的次日，焦礁实现了诺言，带着母亲和儿子坐上飞往上海的航班。

在迪士尼乐园里，他们玩了极速光轮、抱抱龙、矿山车和雷鸣山漂流等，还看了花车巡游和夜间的烟花表演，当然也买了尤达宝宝，唯一的遗憾是由于时间紧迫，没能订上园内的酒店，不过焦彬好像不在意的样子，依旧玩得尽兴，还没等回到酒店便在焦礁的怀里睡着了。

"没看过彬彬这么开心过，"焦母说，"早知道就带他来这里玩。"

"偶一为之还可以，次数一多就不稀奇了。"焦礁答。

"接下来的三天真的要待在上海吗？"

"当然，好不容易来一趟，怎么也得玩够本才行。"

后来焦家三代人踏遍了上海的大街小巷，回程时又顺道拜访邻近的浣纱镇，听说这是一座古风犹存的小镇，还有一个赫赫有名的钱家染坊。

从钱家染坊出来后，他们沿着浣纱河往北走，走了约莫十多分钟后，焦彬忽然吵着要吃棉花糖。

"乖孙仔，这里没卖棉花糖。"他的奶奶答。

"有，刚刚去的地方，大门出来的右手边有人在卖。"

焦礁听了不免来气，责问儿子怎么这时候才说？

"干什么大呼小叫的？"焦母立刻护住孙子，"现在说不也一样？"

"妈，妳……"

"别说了，我带我的彬彬去买棉花糖吃，你就待在这里好好反省一下。"焦母睨了焦礁一眼，"动不动就凶孩子，父亲是这么当的吗？"

焦礁懒得反驳，但也不愿像个木头人似地站在路边"反省"，于是极目四望，恰好看到一位有些面熟的女子从茶馆里走出来，正想着这人是谁呢？母亲再度叮嘱他站在原地不动，否则回来找不到人。

"我喝茶去，你们回来后，上巫觋茶馆找我。"焦礁指着不远处的门头招牌说。

当焦母带着孙子离开时，焦礁也走向茶馆。一推开门，里面的陈设让他感到迷惑，这是茶馆吗？

他下意识往身后的门头招牌望去，没错，是茶馆呀！

等他再度将目光落回"茶馆"内，一位白发老翁赫然出现，把焦礁吓得够呛。

"我好像吓到你了。"老人说。

焦礁嘴巴否认，但实际情况正好相反，因为老人是凭空出现的，像变魔术一样，除了"眼花"，他找不到说服自己的理由。

"没有就好。"老人停顿了一下，"你想一直站在门口吗？"

焦礁只好走进来，结果一踏入，身后的门立即合上，他再次张口结舌。

"风吹的，"老人乐呵呵地解释，"你好像很容易受惊吓。"

"没……没有的事。"

为了化解尴尬，焦礁佯装对店内东西很感兴趣的样子，于是老人不厌其烦地一一做出说明，原来每样东西都有特殊的作用，有的可以挽回爱情；有的可以消灾避难；有的可以延年益寿。

"那这个呢？"焦礁指向垂挂在壁灯下的披肩问，因为店内只有此物不奇怪，但摆在一个奇怪的店里却显得奇怪。

"那个……不好说。"

"为什么不好说？"

老人正要回答，奇怪的声音忽然传来，说的是——欢迎光临。

"奥奇，人已经进来好一会儿了，不用说欢迎光临。"

焦礁顺着老人的目光望过去，结果原本不动的黑色鸟瞬间炸毛，喉咙还发出咕噜咕噜的声音。

"这是某种我不知道的高科技产品吗？"焦礁问老人。

"哈哈！当然不是，它是一只活鸟，名字叫奥奇。"

焦礁走过去察看，确认是真鸟后，不吝赞美："你的普通话说得真好。"

"当然，"鸟回答，"我说得比罗曼好。"

"罗曼是谁？"

这次鸟保持沉默，反而是老人代答——罗曼在楼上。

"我可以上去看它吗？"焦礁问。

"当然可以，你还能顺便喝个茶。"

"你的意思是楼上是茶馆？"

"可不是吗？门外招牌写得清清楚楚的。"

这下子焦礁恍然大悟，原来自己没搞错。

"那我上去了。"他说。

"小心台阶，"老人叮嘱着，"踩空就不妙了。"

焦礁当然没踩空，只是他以为可以在二楼看到另外一只八哥，结果连个人影也没有，倒是有几条鱼在大到需要两个人合

抱的陶缸里游来游去，红的、黄的、黑的、白的，煞是好看
！

"这些都是锦鲤的鱼苗，"一位穿着两截式汉服的女子忽然说
，"等大一点儿就得搬家了。"

焦礁本来想问方才怎么没看到她人？结果到嘴边问的却是——
为什么要搬家？

"因为锦鲤能长到一米长，甚至更长，陶缸自然放不下了。"
她答。

焦礁噢了一声，接着便无话可说，还是女子打破沉默，问他
想不想坐下来喝杯茶？

"也好，请给我来一杯冰的，任何一种都行。"他答。

"好的，请坐。"

焦礁左右张望，眼下只有一张桌子，毫无疑问，他只能坐那
里。

只一会儿的工夫，女子便捧来一杯装满冰块的橘红色饮料，
焦礁怎么喝都觉得像在喝泰茶。

"这是泰茶吗？"他问。

"是的。"

"我以为中国的茶馆不会卖这玩意儿。"

"你刚从泰国回来，我以为你会想喝泰茶。"

"妳……妳怎么知道我刚从泰国回来？是不是因为我的皮肤比
较黑？"

女子没回答，反而拉开他对面的板凳坐下，同时捡起他喝过
的塑料杯边察看边说："你喝得只剩冰块。"

"因为冰块占据大部分的空间。"

焦礁以为女子会为此感到汗颜（给客人的饮料，冰块竟多于饮品本身），但没有，她反而乐观地表示只要有5毫升的茶水在，就不难看出。

"不难看出什么？"焦礁问。

"不难看出你的心里装着一个男人。"

焦礁的心喀噔了一下，这是什么情况？莫非在录整人节目？

他四处张望，想找出摄像头，女子却说："不用找了，这不是在录整人节目。"

女子不说则已，一说，正好应验"此地无银三百两"这句话。

焦礁不想成为被整蛊的对象，于是问茶钱多少？

"这么快就要走了吗？"女子反问。

"嗯！我妈和我儿子正在外面等我。"

"放心，买棉花糖的人很多，还没轮到他们呢！"

焦礁不淡定了，莫非母亲和彬彬也被人监视着？

"没有，没人监视你母亲和彬彬。"她答。

怎么这个女人好像有读心术？焦礁吓得站起来，还因用力过猛，撞翻了杯子。

"小心！"女子立即将杯子扶正，但还是有冰块和液体流出，"哎呀！本来就没什么茶水，这下子更少了。"

"妳别卖关子了！"焦礁沈下脸来，"告诉我，妳如何知道我和我家人的隐私？"

"是你喝过的茶水告诉我的。"

焦礁笑得很苦涩，问："莫非我看起来像个傻子？"

"我没说你傻，不过你的个性非黑即白，还有感情上的洁癖，在外人看来可能不够聪明。"

焦礁虽然不愿承认，但女子说对了，如果不是因为这种个性，他也不会到现在连一个亲近的朋友都没有。

"我喝过的茶水有没有告诉妳——我心里装着的男人是谁？"他问，试探的性质很强烈。

女子仔细察看茶水，时间长到焦礁都快失去耐心才答："好像叫安柏熙，又好像叫CC，茶水太少了，我一时分辨不出来。"

安柏熙是身份证上的名字，焦礁一向唤他CC，也就是说，即使女子有通天的本事能事先查出焦礁曾经交往的对象，但也不可能连私底下叫的小名都知道。

"咳咳！"焦礁干咳两声，"妳还知道些什么？"

"我还知道你爱的人现在失忆了。"

"失忆了？"焦礁扬起声，"什么时候的事？"

女子又看了一眼茶水，很不确定地答两、三个月前，也可能更久些。

"那他……他还记得我吗？"焦礁迫切地问。

"他失忆了。"女子冷漠地答。

"我知道他失忆了，我的意思是失忆不可能百分百全忘了，总有忘不了的人……吧？"

"很抱歉……"

知道安柏熙已经忘了自己，焦礁心急如焚。

"你别心急，我再看看。"

女子的一番话让焦礁又重新燃起希望，可惜茶水实在太少了，她看到的画面皆呈支离破碎的状态……

"那好，妳重新再做一杯，这次我只喝一点点儿。"焦礁提议。

"不行，再做的就不准了。"

听完，焦礁感觉全身上下都没了力气，直到……

"还有另一个法子，"女子说，"你到楼下拿一件东西上来，运气好的话，我可以通过那件东西看到未来。"

"任何一件？"

"任何一件。"

于是焦礁快速冲到楼下，结果发现楼下空无一人，连奥奇也不知所踪，他只好在未告知的情况下取走那件说不上奇怪还是不奇怪的披肩。

接下来女子聚精会神地凝视着披肩，像要将它看穿了似。

"请问……"

"嘘！别打扰我工作。"

于是焦礁闭上嘴巴。

"杜巴依发……咘地粗滋……瓦菲红丝霸……杜巴依发……咘地粗滋……瓦菲红丝霸……"女子将双手置于披肩上方，同时反复吟唱着。

过了好一会儿，她才停止这个怪异的举动，然后以笃定的语气说："你爱的男人曾经爱过你，但他现在爱的是一个喜欢骑重型机车的男人。"

"胡说！他不可能……不可能不爱我。"

"天底下没有绝对不可能的事，与另一个女人相比，你已经够幸运的了，至少你还被爱过。"

"另一个女人？妳指沈文倩？"

"是谁不重要，重要的是这个女人的真命天子以后才会出现，你也是。"

焦礁懵了，问这是什么意思？

"当你问我这话时，其实心里清楚着。"

焦礁还想追问，可是女子却表示她已经把该说的都说完了，没有更多可奉告的了。

这明摆着下逐客令，焦礁只能付款走人，可是女子却说不要钱，只要他身上的东西，任何一件都行。

"这真是一家奇怪的店！"焦礁边嘀咕边取下脖子上的佛牌，那是经泰国高僧开过光的。

女子欲言又止，最后还是收下。

当焦礁走出店外时，正好迎上自己的母亲和手里拿着棉花糖的儿子。

"没想到排队的人这么多，"他母亲忍不住抱怨，"等得我快抓狂，结果买完后，彬彬却不吃。"

焦礁遂问儿子为什么不吃棉花糖？

"我……我想和爸爸一起吃。"

听儿子这么一答，焦礁的眼睛热了起来，想当年若没和安柏熙分手，现在又怎会有如此贴心的儿子？

这么一想，焦礁好像又不后悔了……

第四位客人：焦妍

焦妍_1

I

一直到小学二年级，焦妍才算对家里的人物关系有一些概略的了解，原来住在岛上的妈妈才是她法律上的妈妈，但她本人一直跟着自己的生父生母住在看得见箟笃湖的大房子里，连"养母"长什么样也不清楚（两个哥哥倒是见过，因为他们偶尔会来家里，还会给她买玩具，只是年龄太大，根本玩不到一块儿）。

她曾分别问过自己的父母："为什么别人的妈妈只有一个，我却有两个？"

父亲给的解释是——等妳长大后，自然会明白。

相较于父亲的打太极，母亲的答案简单多了，她说岛上的妈妈是假妈妈，她才是真妈妈（至于焦妍为什么会有一个假妈妈？她母亲则沉默以对）。

大部分的时候，这个三口之家一派和谐，但平静的表面下偶尔也会暗潮汹涌，好比某天老师出了个作文题目《我的妈妈》，焦妍问父亲她应该写哪个妈妈？

她父亲放下手中的《厦门日报》，思考了一下后，答："妳何不问问最靠近妳的那一位？"

最靠近焦妍的那一位正在厨房里指挥佣人做饭，从传来的香味判断，今晚吃的应该是牛排大餐。

"就是厨房里的妈妈让我来问你的。"她答。

焦妍的父亲把滑至鼻头的眼镜往上一推，露出奇怪的表情。

当日夜里，已经睡着的焦妍被争吵声吵醒，迷迷糊糊中，她听到母亲说"杀了焦妍再自杀"的话，着实把她吓得后半夜都睡不安稳。

隔天，她拿那句话去问母亲，母亲反而把她搂在怀里，说："我连鸡都不敢杀，怎么敢杀人？何况妳还是我的心肝宝贝。"

焦妍想想也对，母亲对她一向溺宠，连话都不敢说重，又怎会伤害她？

至于父亲，打从那夜起，有了肉眼可见的变化，好比家用给得大方，逢年过节还有小惊喜，有空也会带母女俩四处旅游，跟人介绍起来也从"萧女士和她女儿"变成了"我太太和小女"……

焦妍不知母亲对称谓上的改变有何想法，但她一点儿也高兴不起来，因为母亲保养得宜，看起来就像父亲的女儿，这么一推算，她无疑成了孙辈，这种视觉上的反差让人很不适，所以她宁愿父亲用以前的称谓，至少尴尬的程度会小一些。

时间来到焦妍上初二的某一天，父亲要她穿上黑色的衣服，理由是她大哥去世了。

在墓园里，她第一次见到"岛上妈妈"，与自己的"真妈妈"一比，这个女人又老、又丑、又土，怎么看都上不了台面。

事后，"真妈妈"问起"假妈妈"可有对她说什么？焦妍答："她哭得很伤心，什么话都没对我说。"

"那她有没有对妳父亲说什么？"

"有，她说多行不义必自毙，这就是报应！"

焦妍的母亲听完，脸色大变。其实不止母亲怏怏不乐，她父亲从墓园回来后就一直情绪低落，加上白发增多了，整个人瞬间又老了十岁。

这样低靡的氛围持续了好几年，直到二哥生子，事情才又有了变化。

"小妍，哪天把妳男朋友带回来认识一下。"母亲对她说。

焦妍和男友已经交往一年多，由于对方家境不够好，一直不被母亲认可，如今事态急转直下，很是蹊跷！

"我才不，妳肯定会说一些让人下不了台的话。"她答。

"我保证不会，只是先厘清一些事情，如果大致没问题，我不反对你们年底结婚。"

焦妍的男友虽然已经开始就业，但她才上大二，这个年纪结婚未免过早？

"妈，妳反转得太快，我消化不了，见面的事还是缓缓再说吧！"

"不见也好，我另外给妳安排相亲对象。"

事已至此，焦妍只得跟男友商量，还好许沐司并不反对见面，只是母亲那边又有了变化。

"妈，为什么只有妳跟许沐司见面？我和爸呢？"焦妍气呼呼地质问。

"这是初试，等通过我这一关再说。"

这分明就是陷阱！

当焦妍将此事转告男友，以为他也会像自己一样生气时，结果他却很平静地表示："我以为妳的家人不会给我见面的机会，现在给了，我不能要求更多。"

许沐司也曾是富贵人家出身，如果不是他父亲与A股公司对赌失败，也不致于落入这般田地。

"沐司，你实在太善良了，我都不知该说什么好。放心，我母亲若欺负你，我绝不会善罢甘休。"

许沐司摸摸焦妍的头，一脸爱宠。

焦妍 _2

2

小学六年级时，焦妍曾分别问过两个哥哥："为什么你不住在这里？"

大哥给的解释是他在外地读书，不方便。

相较于大哥的避重就轻，二哥给的解释"重"了一些，他答这不是他的家，鼓浪屿才是。

虽然二哥给的解释依旧模糊，但显然多了一些信息，于是她乘胜追击，问了一个很久以前她一直想知道，却一直得不到答案的问题。

"妳何不亲自问问妳的爸妈？"焦礁听完后反问。

"我问过了，他们不告诉我。"

此时的焦礁陷入两难，按理说，不该由他来揭开谜底，但焦妍已经够大了，她有权利知道真相。

考虑再三，焦礁还是决定道出事情的来龙去脉，并且试着站在中立的角度，不带个人情感，毕竟焦妍是无辜的。

"也就是说我是私生女，对吗？"焦妍问。

"法律上妳是有身份的，妳的养母正是我母亲。"

谜底揭晓后，焦妍五味杂陈，很明显，自己的亲生母亲就是传说中的坏女人，但她实在不愿朝那个方向去想。

"哥，我就问你最后一个问题——你恨我和我母亲吗？"

焦妍的问题像一把利刃刺进焦礁的胸口，如果不是萧阿姨，这个家不会四分五裂，自己的母亲也不会大受打击，以致将自己封闭起来。

"焦妍，有一天妳会明白，不管妳如何努力，该发生的事终究还是会发生，与其花大力气去憎恨，倒不如过好自己的小日子。"

焦礁的这段话表面上是说给同父异母的妹妹听，实际上又何尝不是对自己说？

谈话过后，焦妍虽然得到长久以来一直想知道的答案，但同时也对自己的出身耿耿于怀，这个芥蒂直到在大哥的坟墓前第一次见到毫无形象可言的"岛上妈妈"后才消除，从此更加坚信自己的母亲和父亲是因为爱情（或者说强大的吸引力）而走到一起。

别怪焦妍以貌取人，从小到大，她母亲便给她灌输"颜质即正义"的观念，哪怕长得丑，也可靠后天努力（譬如整容或化妆）来挽回局面，倘若连旁人的眼光都不在乎，那么这个人就彻底完蛋了。

放在现实生活中，"岛上妈妈"就是最好的例子，她连自己都不爱惜自己，有什么条件要求别人去爱她（当然，焦妍还太小，不懂得有"丧子之痛"的人是不会在乎自己的外表，所以以偏概全）？

在此背景下，焦妍把"长得帅"放在择友条件中的首位也就不难预想了，这可以解释为什么一个底薪只有三、四千元的房地产中介会入她的眼，而且她还是主动追求的那一位。

本来焦妍的母亲还心存侥幸，也许是哪个老总为了训练儿子，让他从底层干起。当得知没有惊喜后，立即翻脸，理由是天底下多的是长得好、家里又有钱的，实在没必要降格以求。偏偏焦妍是个恋爱脑，看对眼就死心塌地，何况许沐司还是个暖男，这让第一次初尝恋爱滋味的焦妍更加执着，还好这次她母亲主动松口，让焦妍看到了曙光。

"世纪大会面"后的当晚，焦妍迫不及待地打电话问详情，结果碰了一个软钉子。

"你是不是有客户在？"她问。

"……嗯！"

"那么结束后打给我，多晚都行。"

"……好。"

可是直到隔天起床，许沐司仍没打给她，连个留言也没有。

焦妍本来想再次拨打，但担心他还在睡觉，所以决定先探一探母亲的口风。

"很好呀！"她母亲边吃早饭边答，"有说有笑的。"

有了母亲的答复，焦妍放下心来，吃完清粥小菜便上学去，殊不知这是暴风雨前的宁静……

3

为了这次见面，许沐司做了充分的准备，包括在形象上努力达到完美，可是到头来却徒劳无功，甚至说得上自取其辱。

"你的收入不稳定，本来像你这样的人选，我是不会考虑的，不过现在情势上有了变化，所以……"焦妍的母亲特意看了许沐司一眼，"我就直说了，如果你答应今年成婚，并且让第一位长子冠上焦姓，我便同意这门亲事。"

许沐司原以为彩礼会是道坎，没想到先送上来的是子女的姓氏问题。

"如果我和焦妍生的是女儿呢？"许沐司反问。

这个问题勾起焦妍母亲的伤心事，想当年她曾怀上第二胎，但为了不刺激昔日闺蜜，她选择偷偷打掉。如今回想，真是失策！如果当时执意生下，也许会是个男孩，现在也不用急着让焦妍嫁给一个她看不上眼的男人。

"如果是女儿，那就继续生，"她答，"直到生下男婴为止。"

"冒昧问一句，这是为什么？"

"我们只有一个女儿，总不能让焦家绝后吧？！"

这个理由看似合理，却不是真正的理由，说来说去，还是为了钱。

是这样的，老焦原来有两个儿子，老大还特别优秀，在此情况下，萧淑兰根本没想过争家产，但自从焦俊去世后，她的心思便开始活络起来，因为焦礁不若自己的哥哥受宠，而且看样子也不像对女人感兴趣，也就是说焦家的新生代很可能还得靠焦妍来延续，这让萧淑兰有了盼头。

哪知焦礁去了泰国后，带回来一个男婴，情势因此产生变化，萧淑兰不得不重新布局（焦妍比焦礁受宠，爱屋及乌的效应，她相信自己这一脉能分到更多遗产。换言之，生下一个姓焦的男婴势在必行，而且时间上有紧迫性，因为老焦已是古稀之年，未来不知还能撑几年）。

"不想绝后，我能理解，但为什么非得是男婴？"许沐司又问。

为什么非得是男婴？还不是因为老焦那无可救药的重男轻女观念，但此时此刻没必要解释这个。

"如果你家同意连女婴也姓焦，那再好不过。"萧淑兰停顿了一下，"或者你入赘进来也是可以的。"

听完，许沐司感觉自己的尊严被人按在地上摩擦。

"伯母，我也是我们家唯一的孩子，所以入赘贵府完全不可能。至于让孩子冠上焦姓，这个可以商量，但排除长子，因为长子一定得姓许。"

"我认为你应该跟家里人讨论过后再答复我。"

"不需要，这是我的意思，也是我家里人的意思。"

"那就是没得商量啰？"

"是的。"

不知为什么，许沐司感觉他的回答正中焦妍母亲的下怀，因为她完全没有不悦的神情，反而开始谈笑风生，让他很不是滋味。

离开日本料理店后的当晚，许沐司接到焦妍的来电，由于心情不好，他随便应付一下就挂断，后来也没再回打，因为对他来说，这段恋情已经宣告死亡，再继续下去就是耍流氓，而这不是他的行事风格。

焦妍_4

4

趁着中午休息时间，焦妍打给男友，手机响了好几声才被接听。

"昨天你和我妈谈得怎么样？"她问。

"还可以。"

"我妈说你们的谈话氛围很好。"

这叫许沐司如何回答？全程几乎都是女友的妈妈在说话，他只偶尔简短应几句（事实上也无话可说）。

"谈话氛围还……还行吧？！"

"你们都谈了些什么？"焦妍继续问。

"妳没问妳母亲吗？"

"我想先从你这里得到答案。"

自从谈话过后，许沐司反复琢磨该如何"体面"地分手，显然，"实话实说"并不可行，除了让女友与她母亲反目外，解决不了根本问题（依据他对焦妍的了解，她还真有可能做出离家出走的举动，而这不是他想要的）。

如今面对女友的询问，许沐司挑了一个"比较安全"的答案作答。

焦妍一听，大喜，但还是故做娇羞地说："我妈也真是的，哪有这么催婚的？何况……何况你还没求婚呢！"

"我也认为仓促了点儿，这件事还是缓缓再说吧！"

焦妍仿佛被泼了一盆冷水，不过她没怪罪男友，毕竟他俩才处了一年多，的确太赶了。

当日回到家中，焦妍旧话重提，问母亲究竟和男友说了什么？

"妳没问妳男友？"她母亲反问。

"问了，他说妳催婚，可是我总觉得哪里怪怪的，一顿饭的时间怎么可能只谈这个？肯定还有别的。"

"的确谈了别的。"她的母亲答，"妳男友说不介意妳另外谈朋友，因为有比较才能做出正确的选择。"

"胡说！"焦妍怒不可遏，"他不可能这么答。"

"妳何不问问妳男友？"

焦妍果然回房间打电话，结果很出乎意料。

"为什么？"她问，声音是颤抖的。

"为了妳好。"许沐司答，"这是妳的初恋，难免会过度美化。再说，妳母亲急于抱孙，这不在我的计划内，既然三、五年内都不会结婚，我岂能耽误妳？"

这个回答再度证明许沐司是个暖男，焦妍立即投桃报李，很情真意切地说："除了许沐司，我不做他人想。"

"谢谢，我……受宠若惊。"

"你应该也说同样的话才是。"焦妍提示。

结果许沐司重复女友说过的话——除了许沐司，我不做他人想。

惹来焦妍的一句："讨厌！"

若说一场危机就此化解，那也不是，因为打从那时候起，许沐司就变了，似乎把全部的精力都放在工作上，电话也很少接听，偶尔见上面，还会提醒待会儿他得带客户看房，搞得焦妍连看场电影都心神不宁。

另一厢，自从得知许沐司承认了自己的说法（他不介意焦妍另外谈朋友），萧淑兰像得了尚方宝剑，有恃无恐地放出风声——优先考虑"同意让长子冠上焦姓"的相亲男。

光凭这条就足以吓退不少人，还好焦家财大业大，焦妍又年轻貌美，所以还是收到几份见面请求，只是一时尚未有达标的人选，所以暂时搁置下来（没错，除了强人所难的要求外，焦妍的母亲还添了最低门槛，好比身高不能比女儿矮，体重不能超过两百斤、学历至少是本科等）。这么一搁置，焦妍还以为母亲已经忘了此事，正偷着乐，哪知男友这边却出了纰漏……

"你不是说她是你的客户？"焦妍问。

"是我的客户呀！"

"哪有客户买完房还约着吃饭？一次不够，又约了第二次。"

"萍姐是火锅店的老板娘，第一次是为了感谢我的帮忙，所以请我吃火锅，她本人甚至没到场；第二次则是借吃火锅的名义，谈再次买房的事，这有问题吗？"

许沐司对女友的冷是渐进式的，就像温水煮青蛙一样，当焦妍察觉到不对劲时，他俩之间已经可以塞进一个第三者，这也是她质问的原因，偏偏许沐司的答复听起来毫无破绽，让焦妍又陷入自我怀疑之中……

好巧不巧，此时一通电话打来，竟然又是萍姐，这让焦妍大为光火，没等男友讲完电话，她便拂袖而去。岂料这一去，竟然给了他人钻空子的机会。

焦妍 5

5

焦妍以为只要自己故作姿态，许沐司还会像以前一样哄她，那么她就能顺着台阶往下走，哪知几天过去了，依旧无声无息，就像这个人忽然凭空消失了一样，她开始怀疑是不是男友生病了？然而现实还是打了焦妍一巴掌，因为接听电话的人证实许沐司在公司，还要她稍等一下（当然，在许沐司接听电话前，焦妍已先一步挂断）。

现在，焦妍只能从自身找问题，思来想去，最后归结于自己太过了，谁能忍受一个疑心病很重的人？

显然，许沐司的不闻不问深深折磨着焦妍（否则她也不会将矛头指向自己，认为是自己的错）。虽然痛苦，但一向骄傲的她以为只要笑脸迎人，就不会有人发现她的伤口，然而她母亲还是察觉有异，并且趁着家里只有母女二人时，问起女儿有什么烦心事？

起初，焦妍并不想掀开自己的伤口，但母亲的胡乱猜测让她很难忍受，加上她对下一步该怎么走也很彷徨，索性把新近发生的事全交待了。

在萧淑兰听来，"工作忙碌"不过是男人的借口，想当初老焦不也忙得焦头烂额，但每天还是匀得出时间与自己约会，逢原配问起，他便以"工作忙碌"搪塞过去，每次都能全身而退，后来之所以东窗事发，还是自己故意捅破的，因为肚子一天天大起来，她总不能一直活在黑暗之中……

"妳说那个女的开火锅店，我们何不过去瞧瞧她有什么三头六臂？"焦妍的母亲说。

"妈，妳可别乱来，也许那人真的只是客户而已。"

"如果只是客户，不正好灭了妳的胡思乱想？再说，我们母女俩也很久没有一起吃火锅了。"

有句话"不入虎穴，焉得虎子"；又有句话"知己知彼，百战百胜"。无论哪个，在在说明了解敌方的重要性。

焦妍想了想，横竖目前无计可施，也许了解"假想敌"有助打破僵局，于是点头同意了。

据说萍姐的火锅加盟店遍布全国，光厦门就有好几家，她们去的是总店（加盟店的样板店），也是许沐司被目击与萍姐一起吃火锅的店铺。

"你们老板娘在不在？"趁着服务员来上菜，焦妍的母亲问。

"中午还在，"服务员答，"后来接了个电话就出去了。"

"所以今天不会再出现店里头，对吗？"

"不对，火锅店十点关门，老板娘再怎么也会在那之前出现，她总是最后一个走。"

这个答案给了焦家母女一颗定心丸——只要等得够久，一定能等到伊人。

果然九点刚过，一名披着大波浪卷发的亮丽女子便走了进来，看那架势，应该是老板娘无疑，萧淑兰遂向对方招了招手，把焦妍吓得大气不敢吭一声。

"您好，"该女子走上前来，"我是这里的老板娘，请问有什么事吗？"

"这家火锅店是我吃过最好的，我就想反馈一下。"

"谢谢！"女子笑眯眯地答，"给客人最好的用餐体验是我们的目标，很高兴您满意我们的服务。"

凭着数十年的聊天功力，萧淑兰很快将话题引到私人身上，很自然地问起是哪个幸运儿能娶到像老板娘这样既美丽又能干的女人？

"能娶到我的确幸运，可惜那个人不懂得珍惜，所以被我给休了，现在我是单身状态，不过也快脱单了。"

这个回答给萧淑兰打了满满一针的兴奋剂，她开口询问对方是何方神圣？

"妳可真喜欢听八卦！"女子笑得花枝乱颤，"其实告诉妳也无妨，我的他是个颜质很高的房地产中介，虽然目前只是个打工仔，但那是暂时的，因为我有跨界开房地产中介公司的打算，到时候他就能独当一面了。"

听到这个，焦妍的血压骤然升高，但仍然安慰自己——厦门的房地产中介很多，未必就是许沐司。

"那么祝妳和妳男友早日喜结良缘。"萧淑兰说，"对了，哪天我若想买房，也找妳男友。"

"太好了！"她翻找自己的包，终于找到一张小卡片递过去，"这是他的名片，任何有关买卖房地产的事，您都可以找他。"

焦妍伸手把名片抢过来，当看到"许沐司"三个字时，眼前一黑。

"这是妳闺女？"女子看着焦妍问，但话是对萧淑兰说。

"是的，已经大二了，刚和谈了一年多的男友分手，如果妳有合适的人选，不妨帮她介绍介绍。"

"会的，包在我身上。"

对话就在不失礼貌的情况下结束，可是焦妍的绝望才刚刚开始……

焦妍-6

6

焦妍不记得许沐司是从什么时候开始变了，但她知道自己是从见到火锅店老板娘之后开始变了，变得不再相信男人、不再相信爱情，所以当她母亲提到有位适合的相亲人选时，她想都不想，直接说就他了。

"妳连人都还没见着呢！"她母亲说。

"这有差别吗？反正妳急于抱孙，只要妳满意就行。"

虽然这的确是萧淑兰的念想，但总归是自己的亲闺女，她总不能将她往火坑里推，所以坚持见过面后再说。结果一见面就出问题，原来男方有斜白眼，照片上倒没看出来。

碍于情面，萧淑兰并没有在相亲现场表现出不悦，焦妍也是（正确地说，她没有任何喜怒哀乐的表情）。

相亲过后，焦妍的母亲对她说："这男孩不行，咱们还是看看别的。"

"哪里不行？名校毕业，还拿着公家铁饭碗，我看挺好的。"

其实男方除了有斜白眼这个硬伤外，其他还凑合。

既然女儿不反对，萧淑兰便回复介绍人可以交往看看，哪知两个年轻人才出去两回，男方便上门提亲，还说这是焦妍的意思，把萧淑兰吓得不轻，忙问女儿是否在赌气？

"赌什么气？"焦妍明知故问。

"因为许沐司背叛了妳，所以妳破碗破摔？"

焦妍抿了抿嘴，回答不是，她就喜欢像庄大汉这样的老实人。

事已至此，萧淑兰便开始和未来的亲家商讨订婚事宜（焦妍的父亲也曾对婚事的仓促表达过不满，但当被告知这是他女儿的意思后，便不再吱声）。

几日后的某个夜里，庄大汉打来电话，问焦妍何时试穿订婚礼服和上金店选六金？她这才开始慌张起来。

"能不能晚点儿？"她说。

"多晚？二十号就是订婚宴了。"他答。

还不到两个礼拜就是订婚宴，的确该试穿礼服和买六金，但焦妍压根儿就不想和这个没什么感情基础的男人携手出现在众亲朋好友面前，尤其她打小就是个颜质控，不说庄大汉有斜白眼，体型还偏壮硕，连吉格线都达不到。

"反正再晚一点儿就是，我……我还没准备好。"焦妍回复。

"妳是不是还有什么顾忌？"他停顿了一下，"我也知道自己的条件没那么好，但妳放心，我对妳是真心实意的，所以即使妳母亲要求把第一个出生的男婴冠上焦姓，我和我家人也无条件同意了。"

"什么？"焦妍扬起声，"你说什么？再说一遍！"

这个老实人果然又重复一遍，还问她难道是第一次听说？

针对"急于抱孙"一事，焦妍的母亲曾做过解释——她父亲已到了古稀之年，任何意料之外的事都可能发生，如今她二哥已有一子，如果她也能及时生下一儿半女，对她父亲而言就无憾了（完全没提冠姓之事）。

焦妍傻傻地相信了，没想到却被自己的母亲摆了一道。

"是……不是……哎呀！别问我，我现在有重要的事要办，今天就到这里，别再打给我，拜托！"

挂断电话后，焦妍又急又气，原来母亲对许沐司做了过分的要求，难怪他会冷落自己。

想至此，焦妍一分钟也不肯耽搁，立即打车至许沐司的租处，打算问他究竟还要折磨彼此多久？

然而到了租房楼底下，不该发生的事还是发生了——焦妍看到许沐司正与萍姐拉拉扯扯。

"许沐司，你在干嘛？"她厉声问道。

当看到焦妍的那一刹那，许沐司立即弹开，好与萍姐保持一定的距离。

"原来是小姑娘，"萍姐淡定一笑，"妳怎么在这里？"

"我找我男朋友，妳能离开吗？"

"恐怕不行，司司不想我离开。"萍姐看向许沐司，"对吧？！司司。"

司司？听到这么恶心的称呼，焦妍简直要当场呕吐，可恨的是许沐司竟然一语不发，既不承认也不否认。

焦妍按捺住心中怒火，一字一句地对男友说："今天我才知道母亲对你做了过分的要求，别担心，我会和你一起解决问题，所以……请让这个女人走，她在这里让我很不舒服。"

许沐司看着眼前的两个女人，一个是他所爱；另一个则是竭尽所能地帮助自己，他该如何反应？

正当他犹豫之际，还好萍姐出手了。

"妳别为难司司，我走。"她转向许沐司，把车钥匙塞到他手里，"车本来就是买给你的，留着，乖！"

萍姐走后，焦妍立刻质问男友："为什么一个不相干的女人要买车送你？"

"我不知道。"许沐司答。

"你不会不知道，你只是不想回答我。"

焦妍说对了，许沐司清楚地知道萍姐喜欢他，只要他愿意，这个女人会为他铺好未来的路，他可以少奋斗30年。

"妳要我怎么回答？"许沐司很是无奈，"人家对我好，我总不能背后说她坏话吧？！"

焦妍想了想，现在首先需要解决的是内忧问题，外患可以缓缓再说。

"沐司，"她将声音放柔，"如果你不愿意第一个男婴跟我家姓，我完全可以为你与家里抗争，你无需躲着我，甚至故意与某个女人交往来气我。"

本来许沐司对萍姐没有特别的感觉，但她在自己父亲入院时鼎力相助（这不光指金钱上的帮助，还包括劳心劳力），他又怎能视而不见？

"我就是不愿妳与家里人不和，再说，我也不是故意与萍姐交往来气妳。"他答。

"这么说，你是喜欢她的，对吗？"

许沐司看着焦妍惨白的脸，一时竟无言以对。

"原来……原来你真的变了，算我看错人了。"焦妍往后退了好几步，"本来我还三心二意，谢谢你的诚实，现在我决定还是和不喜欢的人订婚。"

听到心爱的女人就要与别人订婚，许沐司冲口而出："不可以！"

焦妍立即飞扑过去，抱着男人说："我就知道你还爱着我，咱们好好的，像从前一样，好吗？"

许沐司点头答好，谁让他还深深爱着焦妍……

焦妍_7

7

在焦妍的坚持下，许沐司同意次日下班后就去归还车钥匙，顺便将这些日子以来所造成的"误会"解释清楚。

"妳呢？妳怎么跟订婚对象说？"许沐司问。

"不用担心，我会处理的。"

焦妍才二十岁初头，看事情难免稚嫩，在她的想法里，只要道个歉，顶多赔偿点儿精神损失费即可，哪知到了她父母那里，立即掀起狂风巨浪。

"婚姻不是儿戏，哪能说取消就取消？"她父亲气得拍打桌面，"宴席订了，请帖也发了，妳让我的面子往哪里摆？"

"你消消气。"她母亲顺了顺男人的胸口，"我来跟焦妍说，你先回房休息，我保证将事情摆平。"

待年迈的父亲回房后，焦妍的母亲开始说教，不外婚姻不是过家家，名声若搞坏了，以后很难在地方上立足等等。

"这也不能全怪我呀！今天我才知道妳曾要求许沐司将第一个男婴冠上焦姓，大部分的人家都不会答应的好吗？也难怪他会知难而退。"

萧淑兰有些意外，怎么一向配合得很好的许沐司会忽然倒戈？

"咳咳！"她故意咳嗽两声，好借此沉住气，"妳父亲就妳一个女儿，要长孙姓焦挺合情合理的呀！说到底是许沐司不够爱妳，这显得庄大汉更加可靠，妳不应该错过那么好的人。"

"那妳嫁他好了，妳不也单着？"

这句话击中萧淑兰的软肋（到现在她还是个没身份的小三），尤其话还是从自己的女儿口中说出，显得越发残忍！

"听着，妳想嫁最好，不想嫁也得嫁，除非对方出现重大过错，否则这事没得商量！"

焦妍一听来气，脚一跺，回到自己的房间。没多久，她听见锁门的声音，立即冲了过去。

"妈，"焦妍粗鲁地转动门把，"妳干嘛？快开门！"

"有本事妳跳窗好了，否则乖乖待在里面反省，直到订婚那天。"

焦妍的家位于这栋楼的第九层，往下跳不说粉身碎骨，起码也头破血流。

此时此刻，焦妍只能强迫自己冷静下来，这么一冷静，脑海里浮现出几个方案：

1、打给许沐司（不行，许沐司正努力和萍姐划清界限，这时候绝对不能烦他）。

2、上网求助（还是不行，整件事本来就是家丑一桩，这一闹，岂不是天下皆知？）。

3、说服庄大汉主动退婚（有难度，但也不是不可能）。

显然，现在只能实施第三方案，但该如何让庄大汉接受并且主动退婚？焦妍想破头也想不出办法，所以决定上网找灵感。

当她打出"如何优雅地退婚"时，页面上的一条"八字合婚网"吸引了她的目光。她点击进入，发现这是一个算命网站，只要把男女双方的名字和出生年月日填入，就能在线测算出两人是否匹配。

焦妍犹豫了一下，最后还是逃不过好奇心的驱使，将自己和许沐司的名字与出生年月日分别填好，接着点击按钮，可是怎么点击都没反应。

"什么破烂网站？！"焦妍嘀咕着，"这不是摆明捉弄人吗？"

本来她想就此离开，但又不甘心，所以转而将自己和庄大汉的名字与出生年月日填好，然后点击按钮，结果这次弹出一个对话框，一位名叫刘半仙的留言：**此二人的八字缘份无法一语道尽，需要当面详谈。**

焦妍心想果然骗钱来着，得，我看他怎么骗？

"到哪里详谈？"她打字问。

"请到浣纱镇上的巫觋茶馆来。"对方回复。

焦妍知道浣纱镇，小学秋季旅行时就曾经去过，不过印象中好像没有这么一家茶馆。

"巫觋茶馆是新开张的吗？地址在哪里？"焦妍又问。

"妳若有意详谈，自然会发现。"

这个回答等于没回答，于是焦妍立马又打字："你倒是说呀！"

哪知对话框瞬间消失，页面上显示的是庄大汉与焦妍的八字相合相生，婚姻大吉，宜嫁娶。

本来焦妍只当这是个诈骗网站，但八字合婚的结果竟然从"需要当面详谈"变成"宜嫁娶"，对象还是庄大汉，这反倒让她如鲠在喉。

几分钟后，她忽然灵光一闪，何不以此为借口，约庄大汉上浣纱镇一趟？毕竟人在旅途中会比较放松，一旦放松下来，什么都好商量，不是吗？

焦妍越想越可行，于是一通电话打了过去。

"我们为什么要跑到那么远的地方去合八字？厦门也有呀！"庄大汉答。

"这是朋友介绍的，我信任我的朋友，所以我也信任朋友推荐的这一家。"她停顿了一下，"你记不记得曾问过我还有什么顾忌？这就是我的顾忌，如果算命师说咱俩的八字很合，那我就没顾忌了。"

虽然目前的当务之急是试穿订婚礼服和买六金，但打消"未婚妻"的顾忌也很重要，所以庄大汉没怎么考虑就欣然同意了，让焦妍大松一口气。

浣纱路上的焦妍和庄大汉……

早上七点，焦妍的母亲问她又在玩什么把戏？

"没玩把戏，都要订婚的人，怎么可以不合八字？"她理所当然地答。

"谁跑那么远去合八字？厦门也有呀！"她母亲说。

这次焦妍倒没有把凭空捏造的"朋友"再次请出来，而是说想在订婚前多了解庄大汉一些，一场短程旅行，不多不少，正好。

"伯母，"庄大汉开口助攻，"反正浣纱镇说远也不远，我们现在坐高铁出发，快的话，今晚就能回到厦门。"

"可是……"

"妈，妳再拖延，今晚我们恐怕得在外面过夜了。"焦妍语带威胁地说。

显然，萧淑兰并不希望这样的事发生，毕竟自己的女儿与"未来女婿"认识的时间不长，"应该"还没越雷池半步，而她不想戳破那层窗户纸。

"好，那快去，路上小心点。"

直到真正离开像牢笼一样的家，焦妍才长舒一口气，哪知庄大汉此时却抛来令人无语的话："我很高兴妳想多了解我一些。"

"噢！那个……那是因为……"

"妳不用解释，我也想多了解妳一些。"庄大汉蓦然抬头，"今天的天空好蓝，像被清水洗过了一样。"

这是焦妍第一次发现原来庄大汉也有一颗柔软、敏感且文艺的心。

到浣纱镇的过程相当顺利，只是六月江南免不了烟雨蒙蒙，还好下出租车时，雨停了。

"饿不饿？要不要先吃点儿东西？"庄大汉问焦妍。

"随便。"

于是庄大汉随手拦下一位骑自行车经过的小男孩，问他哪里有好点儿的饭馆？

"石虎桥附近的石虎餐厅便是，你沿着这条河往北走五分钟就到了。"穿着雨衣的小男孩答。

"谢谢！"庄大汉忽然又想起某事，"等等，你能不能顺便告诉我巫觌茶馆在哪里？"

小男孩把雨帽往后一摘（露出了他的小平头和一对招风耳），然后指向庄大汉身后，答："那不就是？"

庄大汉和焦妍同时转头，果然看到一栋老式建筑的门头招牌上写着"巫觌茶馆"四个大字。

"可是这家茶馆不营业。"男孩补上一句。

"为什么？"焦妍冲口而出。

"不知道，上个月有个女的想进去，也是推不开。"

庄大汉提出质疑，因为门上明明挂着"营业中"的牌子。

于是男孩要他推推看，庄大汉照做，果然推不开。

"瞧！我说的没错吧？！"男孩颇为得意，"我认为你们还是先上石虎饭店吧！那里也能喝茶。"

他俩道谢后，小男孩跨上自行车，头也不回地骑走了。

"哎！大老远跑来，茶馆却不营业。"庄大汉颇为惋惜地说。

其实焦妍并不关心茶馆开不开门，她的心里有个小算盘，如果算命师说他俩八字不合，那正好；如果不幸八字很合，那么她就另外找个适当的时机卖惨，兴许庄大汉会心软，成全她和许沐司（如今茶馆不营业，焦妍只能卖惨，她计划等吃饱喝足后再实施）。

"没关系，"焦妍说，"既然门没开，我们上石虎饭店吧！"

话甫歇，一位白发老人从茶馆里走出来，嘴里叨念着："糟糕！不知道还来不来得及？"

老人并没有随手将门关上，导致中间的两扇雕花木门随风摆动，发出碰碰碰的声音。

焦妍看向庄大汉，结果后者误会了，解释方才他的确"用力"推门了。

"我没责怪你的意思，"她说，"而是门开了，我们现在该不该进去？"

庄大汉想了想，既然来了，为了不留遗憾，还是先把正事给办了吧！

焦妍无异义，于是他们一同走向茶馆。

进到里面后，光线一下子暗了下来，等眼睛适应后，首先映入眼帘的是满屋子的杂乱无章。显然，这里不是茶馆，但他俩没有马上离开，而是这边看看，那边瞧瞧。

"妳拿的是什么？"庄大汉问。

"佛牌。"焦妍把东西递过去，"二哥曾给过我一模一样的。"

庄大汉正反两面都看过后，答："旅游地区能买到的东西，别人肯定也是唾手可得，会出现在这里，没什么奇怪的。"

焦妍想想也对，于是将佛牌放回原位。此时，方才急匆匆出门的老人又踅回，看见他俩后，说："你们二位是不是刚从外地过来？"

"是的，你是刘半仙吗？"焦妍问。

"是……才怪！"一答完，老人自顾自地大笑起来。

焦妍和庄大汉面面相觑，正不知该做何反应时，一个奇怪的声音响起，说的是——讨厌！糟老头。

他俩寻声望过去，发现是一只黑色鸟在说话，就站在木梯底下的鸟架上。

"奥奇，你太没大没小了。"老人对鸟说，但语气一点儿也不严肃。

黑色鸟听完，拍拍翅膀从木梯旁的窗口飞出去，空气中还不断回荡着那句话——讨厌！糟老头……讨厌！糟老头……讨厌！糟老头……

"奥奇太没幽默感了。"老人停顿了一下，"话说回来，我们不能要求一只八哥有幽默感，是吧？"

庄大汉答是也不对，答不是也不对，正思忖时，焦妍成功让这种尴尬加剧。

"我还以为鸟架上的鸟是个标本，"她答，"原来是活的，还会说'糟老头'这么深涩的句子，实在太神奇了！"

"咳咳、"庄大汉故意咳嗽两声，好将注意力拉回，"老先生，是这样的，我们在找一个叫刘半仙的人，看样子应该是搞错了，不好意思，我们告辞了。"

"不一定是搞错，也许你们到楼上问问。"老人答。

"楼上？楼上有人吗？"焦妍问。

"肯定有，至少店老板在。"

焦妍被当头一棒，他们不是在找茶馆吗？楼上肯定就是了。

"那我们上去了。"她说。

"小心台阶，"老人叮嘱着，"踩空就不妙了。"

焦妍和庄大汉当然没踩空，只是他们以为可以在二楼看到刘半仙，结果却只见一个店小二打扮的男子在拖地。

"你好，我们……"

焦妍话还没说完，男子头抬也不抬地答："请找个位子坐下。"

眼下只有一张桌子，毫无疑问，他们只能坐那里。

等了一小会儿，拖地男子拖到了客人所在位置，说："请抬腿。"

焦妍和庄大汉立即将腿悬空，男子把拖把伸进去，三两下便算清洁完毕。

"啊！总算拖完了。"男子将拖把竖直，"二位想喝什么？"

"我们找刘半仙。"焦妍说。

"抱歉，我们没有刘半仙茶，倒是有八仙云雾茶，要不来这个？"

焦妍傻眼了，这要如何沟通？

庄大汉见焦妍一语不发，赶紧答："请给我们两杯八仙云雾茶，谢谢！"

男子听完并没有马上离开，而是问客人知不知道八仙云雾茶产自何处？

当得到否定的答案时，男子像背诵课文一样地说："八仙云雾茶产于陕南平利县八仙区松牙乡一带，此地云雾缭绕，故名。由于茶树生长环境优异，叶质极佳，汤色呈嫩绿色，喝起来醇爽回甘，难怪有人赞道——雾锁千树茶，云开八仙峰，香飘千里外，味在一杯中。"

焦妍和庄大汉同时露出尴尬又不失礼貌的微笑。

"看样子你们很想一试，我这就去准备，请稍等。"

待"店小二"走后，庄大汉问焦妍："妳确定妳朋友说的是这一家？"

"我……我本来确定，但现在也开始怀疑，如果这里真的没有刘半仙，回去之后，我马上与朋友断交。"

"别这么冲动，"庄大汉说，"交朋友不容易，何况也不是什么大不了的事，我们喝完茶就上石虎饭店吃饭，接着逛逛浣纱镇，不挺有趣的？"

以前没发觉，现在焦妍感觉庄大汉简直就是一台情绪稳定机，即使泰山崩于前，他大概也能面不改色。

"好，听你的。"

焦妍一答完，一个头顶着鸡窝头的瘦小女人上到二楼，并且径直向他们走来。

"不好意思。"女人对庄大汉说。

庄大汉愣了几秒后才恍然大悟，接着起身与焦妍坐一块儿，还好椅子是长板凳，坐下两个人毫无问题。

又等了一会儿，"店小二"终于送茶来，他边把茶放下边问："你们怎么坐一块儿了？明明有两个座位。"

"你没看到吗？"焦妍反问。

"看到什么？"

"来新客人了。"

"店小二"望向另一个座位，最后摇头走开。

现在同桌三人你看我，我看你，气氛变得相当诡异。

焦妍拿起茶水连续喝了好几口，借以掩饰内心的不安，反观庄大汉，也是。

"你们二位的喝茶动作完全一致。"她分别捡起两人喝过的马蹄杯，"连所剩的茶水也一样。"

焦妍望向庄大汉，眼神流露出求救信号。

"我们就要订婚了，"庄大汉回答，"默契好是当然的。"

"你俩的八字虽合，但做朋友还是比做夫妻强。"

焦妍和庄大汉同时灵光乍现，原来此人正是刘半仙，不过庄大汉还是听出了不对劲，问："合八字不是首先要知道双方的生辰年月日吗？"

焦妍顿时紧张起来，因为她之前已在八字合婚网上上传过两人的生日日期，如果明说，这要如何圆谎？

"我已经知道二位的生辰八字，是你们喝过的茶水告诉我的。"女人答。

虽然这个答案"救"了焦妍，但不表示她没疑问。

"茶水有没有告诉妳为什么我们做朋友比做夫妻强？"焦妍问。

"你们一个属土、一个属金，原则上可以搭配，"女人又分别察看两人杯里的茶水，"但女方缺木，所以如果选择具有此元素的人会更加幸福。"

这个回答让焦妍想起了许沐司，想必他正是木属性。

"咳咳、"庄大汉咳嗽两声，"据我所知，八字即使不合也能通过做法使之相合，何况原本就是合的。"

"没错，"女人答，"不过也得看缘分，不是每个都能做法。"

"可是……我还是希望妳能试一试，因为……因为我想让心爱的人幸福。"

这段话让焦妍为之动容，如果不是认识许沐司在先，她也许也会爱上庄大汉。

"这样啊！"女人又分别看了茶水，"那么你到楼下拿一件东西上来，运气好的话，我可以通过那件东西做法，满足你的心愿。"

"任何一件？"

"任何一件。"

于是庄大汉快速冲到楼下，还未决定取哪个，白发老人便主动递上佛牌（正是不久前焦妍曾取下的那一个）。

庄大汉反正没有特别的选取目标，索性拿上佛牌回到楼上。

接下来女人聚精会神地凝视着佛牌，像要将它看穿了似。

"请问……"

"嘘！别打扰我工作。"

于是庄大汉闭上嘴巴。

"牙縠楷灿……泥腻奠书……句菲洛嘉砸……牙縠楷灿……泥腻奠书……句菲洛嘉砸……"女子将双手置于佛牌上方，同时反复吟唱着。

过了好一会儿，她才停止这个怪异的举动，然后以笃定的语气说："女方的心已经在一个有木属性的人身上，所以我无法做法。"

庄大汉立即将目光投向焦妍。

"对不起，我也不愿是这样。"她弱弱地答。

"难道我一点儿希望也没有？"

当得到肯定的答复时，庄大汉很是痛苦，自问为什么真心换不来真心？

"别这么想，"女人对他说，"该你的便是你的，你应当庆幸这事发生在订婚前，一切还没有太糟糕。"

虽然庄大汉很好奇为什么女人懂得他的心思，不过此刻的他并没有心情追问。

"那就这样吧！"庄大汉意气消沉地看向焦妍，"是时候离开，妳母亲正等着妳回去。"

焦妍其实有很多话想对庄大汉说，但这些话不宜在有第三者在场的情况下说出，于是问女人该给她多少润口金？

"妳问店家吧！"答完，女人下楼去。

焦妍只能叫来"店小二"买单，结果这家店竟然不收现金，只收物件。

虽然焦妍和庄大汉都觉得不收钱的茶馆很奇怪，但还是配合店家。

"原来你们二位这个月二十号就要订婚了，"店小二看着递过来的请帖，"恭喜了。"

庄大汉随身携带请帖让焦妍很是心疼，但她也无能为力，谁让她爱的是别人。

"那是一张已经作废了的请帖，"庄大汉答，"所以无需恭喜。"

"你们一定很难过吧？！"店小二哪壶不开提哪壶地问。

庄大汉看了一眼焦妍，答："没什么好难过的，失之东隅，收之桑榆，也许这是最好的安排。"

当他俩走出店外时，原本灰蒙蒙的天色已变得亮晃晃。

"天空好蓝，"焦妍喃喃道，"像被清水洗过了一样。"

庄大汉立即表示抗议，因为焦妍剽窃了他曾说过的话。

"对不起。"焦妍说。

此话一语双关，庄大汉算是听出来了。

"妳运气好，我原谅妳了。"

语罢，他俩相视而笑，尽在不言中。

第五位客人：
魏茹萍

魏茹萍 _1

I

说起魏茹萍，也算是个苦命人，不仅原生家庭待她不好，第一次婚姻还遇人不淑，还好她天生有股韧劲，靠着做餐饮，硬是杀出一条血路来。现如今，她的火锅加盟店已遍布全国，每天的流水能做到七位数，算是地方上小有名气的富婆，可是每当午夜梦回时，她也会渴望身边有个知冷暖的男人，峰哥不早不晚，就在这时候出现，还是以一种颇为奇葩的方式。

"吃饭怎能不给钱呢？"峰哥说，"你这个奥客！"

"关你什么事？"

"干！"他甩了筷子，起身走向吃霸王餐的客人，"你再公一遍。"

"关……"

峰哥抓住那人的头往下一按，桌面上的碗盘立即弹跳开来。

"你公三小？我听呒。"

"我付，"那人的脸已被压得变形，话也说得不清不楚，"我付就是。"

自从改革开放以来，台湾人陆续到大陆经商和旅游，厦门由于地利之便，成为投资和观光的热土。魏茹萍在厦门开火锅店，当然少不了会遇到一些台湾客人，他们大多热情有礼，不像眼前这位，满脸横肉不说，身上还刺龙刺虎，像极了台港片里的黑道大哥形象。然而不管怎样，人家毕竟帮了忙，魏茹萍自然千谢万谢，还奉上数张火锅店优惠券表达心意。

"冲三少？免来这桃！"峰哥把优惠券推回去，"以后妳的事就是我的事，我罩妳！"

做生意以和为贵，虽然"黑帮大哥"帮了她的忙，但一码归一码，魏茹萍并不想和这样的人走得太近，所以只是说了一些不咸不淡的场面话应付过去，哪知峰哥却上了心，每次来内地必定光顾火锅店，一来二去，两人互生好感，不过吃过婚姻亏的魏茹萍还是留了个心眼，坚持看过离婚证后才同意交往。

"台湾哪来的离婚证？干！"峰哥说。

"干"是粗话，严重的程度甚至可以上升到淫秽级别，魏茹萍哪能忍受？但接触久了之后，她发现台湾人使用这个字眼未必就是骂人，有时只是口头禅（可表愤怒、难以置信，甚至连处在兴头上也可使用），所以得由前后句来判断属性。拿方才那句举例，用文雅点的句子来表述便是——台湾哪来的离婚证？妳这不是找我麻烦吗？

"台湾没离婚证吗？"她问，"那么如何知道一个人的婚姻状态？"

"看身份证啊！如果配偶栏空着，便是单身状态。"他答。

"那你给我看身份证啊！"

峰哥倒是阿莎力（干脆、豪爽的意思），立马出示自己的身份证。

本来魏茹萍还想着此人如此大无畏，肯定配偶栏是空着的，结果看过之后气得肺都炸了。

"不要酱嘛！"他抱住她，"我和我牵手不去登记离婚是有原因的，因为温姿囡儿还在读大学，不想影响她的学习。"

"那你什么时候离婚？"她推开他，"别想让我当小三！"

峰哥表示这个婚肯定是要离的，但也不好说是什么时候。

既然如此，魏茹萍要男人滚蛋，等离了婚再来找她。

谁也没料到，从此这个台湾男人便消失了，她连他的一件衣服也没留下。

被人轻乎到这种程度，说不在乎是假的，魏茹萍只能通过忙碌的工作来抚平伤痛，还好几个月之后，一个替代人选出现了。

"萍姐，这房子做过抵押，而且不止一次，咱们还是别冒险了，我另外再帮妳找合适的房源。"许沐司对她说。

帮魏茹萍找房源的房产中介不止一个，但她感觉眼前的小伙子最为实诚（这当然与他的高颜质脱不了关系），于是答："那好，我等你。"

两个礼拜后，许沐司果然帮她在同一小区內找到性价比更高的房子，也顺利过了户，为了表示感谢，魏茹萍邀请他到自己的火锅店用餐，想吃什么任点。

原以为许沐司会趁机拉来一大票人胡吃海喝，结果只有他一人赴约（还是在她多次邀请的情况下），而且只花了不到两百元，这给魏茹萍留下深刻印象。

几天过后，她再度发出邀请。

"萍姐，您太客气了，上次让您请客已经很过意不去，怎么好意思再让您破费？"许沐司答。

"上次我临时有事，让你一个人孤零零地用餐，这次我排开万难，所以你一定得给我面子。"见小伙子不吱声，她接着说，"何况我还想再买一套房，正好听听你的意见。"

本来许沐司已经下定决心不再与客户有私下往来，听到后面，这已经不是单纯的吃饭，而是跟工作有关，于是同意下来。

在包间里，魏茹萍很是热情，不仅帮着涮锅，还教他食用的顺序和方法，让许沐司受益非浅。

吃了约莫六、七分饱后，许沐司开始将话题引到买房上，问萍姐可有中意的小区或新楼盘？

"随便，你说哪个好，我就买哪个。"

"这……这怎么可以？"

"怎么不可以？我信任你呀！"

许沐司虽然干这一行还不到一年，但形形色色的人也见了不少，像这么"随意"的客户，他还是第一次遇到。

"既然这样，那我回去就帮您找，绝不辜负您的信任。"

"行行行，"魏茹萍再次将酒斟满，"你把这杯干了，就算我们完成了口头交易。"

许沐司很为难，在萍姐三番五次的劝酒下，他已经有五分醉意，这杯若再下肚，肯定醉！

"萍姐，我……"

"嗳嗳嗳……别扫兴哈！你若不喝，就是看不起我。"

许沐司怎敢看不起客户？于是仰头一饮而尽，引来萍姐鼓掌叫好。

数分钟后，酒精开始在许沐司的身体内发挥作用，他只得告辞，哪知一起身便天旋地转，再有意识时，已是次日清晨。

魏茹萍 -2

2

离异后，这是魏茹萍第一次留男人在家里过夜（峰哥也没这待遇），看着月光下那张白皙的脸庞，一双剑眉又黑又粗，衬得睫毛又密又长，微微张开的嘴唇像两片桃红色的花瓣，往下看，除了小巧可爱的喉结，还有随着呼吸上下起伏的男性胸膛……

已届不惑之年的魏茹萍立即被撩得七昏八素，不得不到洗手间抹把脸冷静冷静。

本来，魏茹萍的理想对象是有一定经济基础的临退休或已退休男士（峰哥若不是已婚，勉强能上名单），但遇到"弟弟型"的许沐司后，她改主意了，谁说有过婚史的中年妇女就得配老男人？钱，她有；姿色，她也有，凭什么就不能拥有年轻人的爱情？

"司司，"魏茹萍对着镜子说话，"你等着，我要把所有的爱都给你，让你一步也离不开我。"

隔天，许沐司从迷迷糊糊中醒来，一张并不年轻的脸冲着他笑，把他吓得瞬间从床上爬起。

"妳……妳……我……我……"他话都说不利索。

"干嘛那么紧张？"魏茹萍睨了许沐司一眼，"去梳洗一下，免得上班迟到。"

当许沐司从洗手间走出来时，桌上已摆满了早餐。

"快坐下。"魏茹萍把一杯果汁递过去，"我也不清楚你喜欢西式的还是中式的，所以都各准备一些，等熟了之后就好了。"

许沐司正想着"熟了之后"是什么意思时，萍姐把两盘蛋推到他面前，问："司司，你要流心的还是全熟的？"

"司司？"许沐司睁大眼睛，"您这是在叫我吗？还有，我为什么会在这里？"

"叫你司司怎么了？你不也叫我萍姐？"她又睨了他一眼，"昨晚你喝醉了，我只好把你带回家。"

"那……那……"

"你如果想问我们有没有上床？答案是没有，你都已经睡死了，还能怎么着？"

听完，许沐司大松一口气，他可不想与老女人有任何瓜葛。

"你心里是不是想着还好没和我这个老女人有任何瓜葛？"萍姐像有心电感应似地问。

"哪……哪有？没有的事，你别胡思乱想。"

萍姐回答没有就好，然后指着方才的那两盘，问他到底要流心的还是全熟的？

许沐司把流心的那一盘留下，然后把全熟的那一盘推还给萍姐。

"就知道你喜欢流心的，下次还给你准备一样的，嗯？"萍姐笑盈盈地说。

"出糗一次已经够难为情了，我想不会再有下一次了。"他火速回答。

在女客户家里留宿纯属意外，许沐司怎么可能让类似的事情再度发生？

离开萍姐家，许沐司踌躇了一会儿，最后决定还是先回家换件干净的衣服再说，结果在楼底下碰见已经一个礼拜未见的女友。

"一大早你上哪儿去了？"焦妍一进屋就问。

许沐司心想听这口气，应该还不知道他昨晚一夜未归，遂答有个客户想赶在上班前看房，所以……

"那昨天呢？"焦妍又问，"昨天你一整天都不接听我电话。"

对于这样的拷问，许沐司感到心累，所以三言两语打发过去，哪知焦妍到校后，立刻有好事者绘影绘声地说看到她男友和一个女的走进火锅店的包间内……

"这我知道，"焦妍坦荡荡地解释，"上礼拜他客户请他吃火锅。"

"不是上礼拜，是昨晚。"

这下子炸开锅了！

为了此事，焦妍一天之内回男友的住处两次，后面的事就不赘述了，反正两人目前进入冷战状态，谁也没有求和的征兆。

几天过后，许沐司带看房，萍姐大略看了一下，问："屋主为什么要卖房？"

"大概心情不好吧？！"许沐司喃喃道。

"心情不好？"

看萍姐露出迷惑的表情，许沐司意识到自己可能说错话了，赶忙要她重复方才的问题。

"算了，我看你有心事，今天就到此为止吧！现在我们一起去兜兜风，你有汽车驾照吗？"

"驾照我有，但兜风就免了，我还得赶回公司呢！"

"公司又不是你家开的，干嘛动不动就回去？"她换了语气，"如果你怕老板问起，就说帮客户答疑解惑去了，我不会穿帮的。"

许沐司还是摇头拒绝，但萍姐根本不依他，强拉他坐进自己的路虎车里……

魏茹萍 _3

3

世界上公认最耐撞的车子为沃尔沃，焦妍便有一辆，但她本人很少开，许沐司曾问为什么？她答车子是父母买的（想来是从安全的角度考虑），但造型不是她喜欢的，如果由她来选，她更钟意蓝绿色Mini。

"可是Mini车很小呀！"他说。

"那你就落伍了，Mini也有四人座的敞篷车，一点儿也不小。"

如今听萍姐问起他喜欢什么车？许沐司想都不想，直接把焦妍的答案当作自己的答案。

"Mini呀！"魏茹萍想了想，"我记得机场附近有一家4S店。"

那又怎样？许沐司一点儿也不关心，因为他的收入注定买不起（想当年，许家也曾拥有不少名车，但自从他父亲破产后，这些已不复存在，现在的许沐司大多以公共交通工具代步）。

十几分钟后，许沐司发现窗外的景象有异，遂问萍姐是不是开错路了？

"告诉过你，机场附近有一家Mini 4S店。"她答。

"您要去那儿？为什么？"

萍姐笑而不语，直到两人进店后，许沐司才发现萍姐来真的。

"妳已经有一辆那么好的车子，还买？"他惊讶地问道。

"好车不嫌多嘛！"她答。

说的也是，对于有钱人来说，买车就像买白菜一样容易，可是当萍姐问销售有没有蓝绿色的四人座敞篷车时，许沐司还是忍不住提醒她——买自己喜欢的，他的意见只供参考。

萍姐依然笑而不语。

"您好，"销售查询过后说，"四人座的敞篷车有现车，可是颜色只有蓝灰色的。"

"不，我就要蓝绿色的。"萍姐答。

"那只能等啰！快的话，一、两个礼拜；慢的话，一、两个月。"

"没问题。"

签完售车合同，天色已晚，萍姐问许沐司想吃什么？

"我昨晚的剩菜还有。"他答。

"跟着萍姐，吃什么剩菜？"魏茹萍睨了他一眼，"走！请你吃好吃的。"

许沐司以为又回她的店里吃火锅，结果去的却是一家阿拉伯餐厅，有五彩的桌毯、金灿灿的器具、精致的小摆件和极具异域风情的壁画，仿佛置身一座金碧辉煌的阿拉伯皇宫，连服务员也是浓眉大眼的阿拉伯小哥，中文说得很费劲。

魏茹萍边看菜单边想着待会儿只能用肢体语言沟通了，结果下一秒许沐司便与服务员攀谈起来，接着转述这家的招牌是羊肉和饼，酸奶也不错。

"你点就是，我都可以。"她答，"噢！对了，来瓶酒。"

许沐司愣了一下，小声地说："这是阿拉伯餐厅，阿拉伯国家禁止喝酒。"

"是吗？"萍姐睁大眼睛，"什么时候的事？"

"很……很久以前就有这个规定。"

"那口渴怎么办？"

许沐司答有咖啡、茶、果汁和不含酒精的啤酒可选。

魏茹萍心想不含酒精的啤酒还能称为酒吗？她才不喝这种似是而非的冒牌货，所以叫了杯茶。

待服务员走后，魏茹萍像澄清什么似地解释这是朋友推荐的餐厅，她也是第一次光临，早知道就不进来了。

"为什么？"许沐司问。

"没酒。"

许沐司也留意到萍姐很喜欢喝酒，而且酒量很好。

"司司，"魏茹萍接着问，"你刚跟服务员说的可是阿拉伯话？你怎么会？"

许沐司还是不习惯被人叫"司司"，但没办法，总不能得罪客户吧？！

"我大学学的是阿拉伯语专业，可惜四年下来依旧说得不好，那是因为在校期间不怎么用心学习的缘故。"他答。

"你太谦虚了，明明说得很好，哪像我，高中都没毕业，连阿拉伯国家禁止喝酒也是今天才知道。"

"但您的事业做得如此成功，这不是一般人能达到的高度。"

"所以你不介意我的学历低？"

"我为什么要介意？"

许沐司不知道他的回答让事情的发展更加不可控，因为年龄和学历向来是魏茹萍的硬伤，如今学历的因素已经被排除，现在就只剩年龄了，她相信只要勤做保养，这个差距会日益缩小。换言之，目前已经没有什么可以阻挡他俩谈恋爱了。

"嗯嗯嗯……"手机忽然发出震动的声音。

许沐司拿起接听，原来有个卖家忽然加价二十万元，这可把他急坏了，本来意向买家就挺三心二意的，如此一来，更加难办。

挂断电话后，许沐司表情凝重。

"别灰心，"魏茹萍把奶酪饼切下一块放进他的盘子里，"做生意本来就有很多变数，所以该吃吃该喝喝，把烦恼留给明天吧！"

"可是这个月我一个单子也没谈下，眼看就快月底了。"

"谁说的？你今天带我看的，我买下了。"

"真……真的？"许沐司很是讶异，"那太好了！我回去就联系房东，争取明天签约。"

其实魏茹萍对今天的房源没那么满意，尤其价钱还得磨一磨，但见心爱的人已经愁眉一整天，她不希望他怀着沉重的心情回家，所以连砍价这一步也省了，还好换来许沐司的笑脸，让她觉得花出去的钱是值得的。

离开餐厅后，魏茹萍问许沐司："你女朋友会不会在意你和我出去吃饭？"

"她不知道我今晚在外面吃饭，事实上，我们已经好几天不联系了。"

"为什么？"

为什么？远因是许沐司自觉放手才是祝福，近因则是焦妍误会他和萍姐有不正常的关系，但说这些又有何用？

"没什么。"他答，"不好意思，我还有事，您先走吧！我坐公交车回去就是。"

"跟着萍姐，坐什么公交车？"萍姐睨了他一眼，同时把车钥匙递过去，"这次换你开。"

魏茹萍 _4

4

谁能想到买完车（还没来得及提车），魏茹萍便与情敌正面交锋。

"这家火锅店是我吃过最好的，我就想反馈一下。"

"谢谢！"故作镇定的魏茹萍笑眯眯地答，"给客人最好的用餐体验是我们的目标，很高兴您满意我们的服务。"

魏茹萍想过与许沐司女友谈判的场景，唯独没想到小姑娘竟然会带着母亲一同出现（许沐司醉酒那夜，她曾偷偷翻看他的手机相册，由此记住他女友的长相）。

"老板娘这么美丽又能干，"小姑娘的母亲继续说，"想必妳老公上辈子烧好香才能娶到妳。"

既然是打探军情来着，魏茹萍便借机反将一军，同时把许沐司给的名片递过去，当看到小姑娘惨白的脸色时，她有小胜一局的快活。

如果以此来判断，魏茹萍无疑是毒蝎女人，但其实不然，她是外强中干型（外表很强大，实际很脆弱），若不是看中许沐司，她也会希望小姑娘与爱人有个美满的结局。

送走情敌母女后，魏茹萍一直等到最后一位客人结账，且店内都打扫干净才离去。这么一折腾，回到家已近午夜，当看到一室冷清时，魏茹萍感到悲哀，她如此劳劳碌碌，图的不过是一家子的和乐温馨，可是现实生活中的她却是孑然一身，那么再多的钱财又有何用？

本来魏茹萍对今日的使坏还怀有歉意，这么一感慨，很多事情都被她合理化了，譬如小姑娘还年轻，看起来家庭条件也不差，未来不难找到更好的人选，可是她不一样，平常就少有交友的机会，加上年纪有一些，还有个结婚记录，放在婚姻市场里，妥妥的弱势群体，如果不使点儿小手段，连汤都喝不着。换言之，她的作法并没有那么罪无可赦，甚至说得上情非得已。

几天过后，许沐司的父亲入院，让她更加坚信这是老天爷刻意的安排（人又岂能违背天意？），于是狠狠抓住这次机会。

"萍姐，这几天让妳忙上忙下，我很过意不去。"许沐司说。

"哪里，我恰好认识人，也就帮了点儿小忙而已。"

"这绝对不是小忙，连赵医生这样的专家，您都有办法请到，我……我实在不知如何答谢。"

"答谢就免了，等你父亲好点儿时，陪我去一趟马尔代夫吧！我一直想到那儿看看。"她说。

许沐司正愁无以回报，既然萍姐开口了，再怎么也得满足，于是豪爽地答应下来，就等父亲转入普通病房时实施。

本来许沐司的想法是包下此次旅行的所有花销，但上网一查才发现机票和酒店都不便宜，正烦恼时，萍姐给他打来电话，表示自己已搞定机票和酒店。

"萍姐，您已经代垫了我父亲的手术费、医药费和住院费，我怎能再让您破费？"他急忙说。

"旅行是我提出的，你能陪我去，我已经很开心。再说，也没几个钱，咱们就别为了这件小事纠缠不清。"

然而许沐司还是觉得不妥，魏茹萍只好提出由他支付在马尔代夫的所有餐费，许沐司这才接受下来。

到了马尔代夫后，许沐司发现自己就是个废人，因为从机场出来，再到乘船，最后搭水上飞机抵达酒店，全程都是萍姐在应付，连服务员的小费也没落下，让许沐司啧啧称奇（别看魏茹萍高中都没毕业，但凭着洋泾浜英语和肢体动作，竟然一路畅通无阻）。

"啊！"魏茹萍呈大字型躺在床上，"终于可以好好休息几天了。"

自从得知萍姐只订一间房后，许沐司便芒刺在背，如今一看，还是个大床房，这岂不意味着两人得同床共枕？

"司司，"魏茹萍向他招手，"飞了十几个小时，你也累了，快过来躺躺。"

"不……不用了，我不累。"答完，许沐司打开自己的背包，佯装找东西。

"你找什么？"

"没什么，"他停止动作，同时放下背包，"我以为自己带了小饼干。"

魏茹萍问他是不是肚子饿了？许沐司回答是的。

"出来玩怎能饿肚子？走！萍姐带你出去找吃的。"

说是找吃的，其实根本不用找，因为整座岛屿就是一家酒店，吃喝玩乐全在里面且不用额外付费，因为已经计算在高昂的房费内（此时的许沐司才意识到萍姐的用心良苦——说好的餐费由他支付不过是个幌子）。

老实说，在吃完三顿飞机餐后，许沐司一点儿也不饿，他之所以答肚饿，完全是想避开男女共处一室的尴尬，然而再怎么胡吃海喝，也有塞不下的时候，他俩只能又回到房间，还好萍姐喝了酒，加上舟车劳累，躺下后便呼呼大睡，独留许沐司一个人面对大海沉思……

魏茹萍 5

5

虽然一人睡床，另一人睡沙发，但度假中的魏茹萍仍然是幸福的（每天看着大海，吃饱了睡，睡饱了吃，身边还有个她爱慕的人相伴，她不能要求更多）。

"司司，"魏茹萍把涂上草莓果酱的吐司递过去，"你说别人怎么看我们？"

"别人？"许沐司左右张望，早餐室里多半是一对对的情侣，"应该以为我们是姐弟关系吧？！"

"你也这么认为吗？"

这让许沐司如何回答？如果能选择，他根本不愿与眼前的女人同游，即使她的确很照顾自己，也帮了不少忙。

"当然不是，真要说，妳算是我的恩人。"许沐司答。

魏茹萍立刻阻止这种想法，因为她为他做的每件事都是心甘情愿且不求回报。

说是不求回报，但许沐司不是木头人，他知道受人点滴，就该涌泉相报，问题是他要钱没钱（而萍姐想要的也不是钱），能给的无非是情绪价值，所以当回房后的萍姐又开始诉苦时，他很乐意当一名倾听者，同时贴心地递上纸巾。

"你真好！"魏茹萍拿起纸巾轻按眼角，"如果有个人每天都能与我促膝长谈，甚至……甚至相拥而眠，那该有多好？"

"我相信有一天妳会找到这样的人。"

"何必找？我看你就挺合适的。"

许沐司以为萍姐会更含蓄些，没想到这么直接，不行，他得打消她这个可怕的念头。

"别开玩笑了，我父母那关首先就通不过。"他答。

许沐司把父母拿来当挡箭牌，无非是缓兵之计（总比直接拒绝人要好），没想到听在魏茹萍耳里却是指点迷津——只要搞定老人家，胜利就在望了。

假期结束后，这两人重新投入工作，不同的是，魏茹萍做的是两份工，除了火锅店的事要忙，她还抽空到医院探望已转入普通病房的许父，每次总是大包小包的，加上嘴巴又甜，很快便与老人打成一片。

"魏小姐，妳今年贵庚？"某天许母忽然问起。

"我是八零后的。"她答。

"那就是四十多了，可是妳看起来才三十多。"

"谢谢！很多人都这么说。"

"咳咳！"许母咳嗽两声，"我的表弟今年刚过55，目前单身。"

许父紧接着强调："他单身是因为死了老婆，不是夫妻不和闹离婚。还有，表弟这个人不喝酒、不抽烟，退休金也高，介绍给妳可好？"

魏茹萍愣住了，这不是她想要的。

"这不好吧？！年纪上差得有点多。"她答。

"说的也是。"许母看了自己的丈夫一眼，"如果哪天沐司说要跟一个四十多岁的女人结婚，我们也会持反对态度，毕竟年纪摆在那里，再怎么保养也没用。"

久经商场历练的魏茹萍以为自己对人性的拿捏已经很到位，没想到却栽在一对她自认为很好操控的老夫妻手里。

在许沐司父母那里受挫后，魏茹萍马上更改作战方略，转而将全部的精力都摆在许沐司身上，心想只要他同意，等生米煮成熟饭，两老再怎么反对也没用。

然而魏茹萍的激进却让许沐司苦不堪言和左右为难（礼物他可以拒收，但上门的生意如何说不？）。

"司司，我刚给你发的是叶总的微信号，你快加他，他想在市中心买套房。"

"……好，谢谢！"

"对了，衣服还合身吗？"

昨晚有人送来两套西服，说是Hello Kitty女士送的，许沐司直觉就是萍姐，果然……

"我没试，正想退还给Hello Kitty女士。"他答。

魏茹萍在电话那头呵呵呵地笑，还说不试不给退货。

原以为许沐司不过开了个玩笑，哪晓得下午魏茹萍便接到火锅店小妹打来的电话，原来货退到她的店里去了。

显然，送礼物这招不行，但魏茹萍想的却是礼物没选对，恰巧这时候4S店通知她去取车，这给了她再次献殷勤的机会。

"萍姐，这礼物太贵重了，我不能收。"许沐司站在租处楼底下说。

"有什么贵重的？我有的，你以后也会有，只要……只要你一心一意向着我。"她答。

许沐司最不想做的便是一心一意向着她，所以两人展开"妳给我推"的动作，就在这时候……

"许沐司，你在干嘛？"

当看到焦妍的那一刹那，许沐司立即弹开，好与萍姐保持一定的距离。

"原来是小姑娘，"魏茹萍淡定一笑，"妳怎么在这里？"

"我找我男朋友，妳能离开吗？"

"恐怕不行，司司不想我离开。"她看向许沐司，"对吧？！司司。"

此时的许沐司保持沉默，让魏茹萍颇为心寒，哪知小姑娘转对男人说："今天我才知道母亲对你做了过分的要求，别担心，我会和你一起解决问题，所以……请让这个女人走，她在这里让我很不舒服。"

看许沐司很为难的样子，魏茹萍决定以大局为重。

"妳别为难司司，我走。"她转向许沐司，把车钥匙塞到他手里，"车本来就是买给你的，留着，乖！"

别看魏茹萍走得潇洒，回家后，她哭得一把鼻涕一把泪，哀叹为何真心以待换来的是冷漠以对？

就在这时候，对讲机发出声响，魏茹萍直觉是许沐司谢罪来了，所以赶紧飞奔过去，结果在屏幕里看到已经消失大半年的人。

"先生，我认识你吗？"她没好气地问。

"妳不是最爱吃烧仙草？我特地到八婆婆的店里给妳买来。"

"谁让你买了？赶紧走！"

"干！跑那么一大段路容易吗？现在让我走，妳白痴喔！"

如果不是知道峰哥有说口头禅的习惯，魏茹萍早火冒三丈。

"对，我是白痴，你满意了吧？快走！"

魏茹萍以为赶走了冤家，结果十几分钟后，敲门声响起，依据她对这个人的了解，不开门是不行的。

"我要跟门口的保安投诉，没有我的允许，怎么可以放闲杂人等进来。"她说。

"赶紧去投诉！"峰哥径自进屋，"快来吃，还热着呢！"

魏茹萍无奈地关上门，同时催促峰哥有话快说，她累了。

"我说完，妳就不累了。"峰哥把身份证递过去，"我离婚了。"

魏茹萍定眼一看，配偶栏果然空着。

"这张该不会是买来的吧？！"她问。

"干！"峰哥气得踢了沙发一脚，"我要是做假，出门给车撞死！"

依据魏茹萍对峰哥的认识，此人的脾气不好，但有一说一，如果想造假，半年多前就可以这么做，无需等到今日。

"你怎么不想想，不声不响地消失大半年，也许我已经有了相好的人。"她不无幽怨地说道。

"如果真是酱紫，妳就不会在大半夜把眼睛给哭肿了。"

峰哥不说则已，一说，魏茹萍的委屈立即排山倒海而来。

"别哭，"峰哥将她拥入怀中，"我是最爱妳的。"

"骗人！你就知道欺负我，看我好欺负是吗？"

她气得捶打眼前人，但打着打着，忽然没了力气，当她也拥抱这个她该憎恨的人时，天地瞬间静止了，此时无声胜有声……

魏茹萍 _6

6

峰哥身份证上的名字叫于峰，有个女儿叫于小娥，正在国内读大三……

"我跟妳讲轰，这次来，我没去找温姿囡儿，而是先来找妳，因为不知道该怎么告诉她——爸爸和妈妈已经离婚了。"峰哥说。

"你就实话实说呗！她都二十多了，应该承受得起。"魏茹萍答。

"如果能这样就好了。"

魏茹萍其实还没做好当别人后妈的心理准备，她甚至以为这辈子再也见不到峰哥，哪知此人说风就是雨，不打一声招呼就出现，从进门到现在，魏茹萍仿佛做梦似的。

"我能问你一个问题吗？"她忽然问。

"问呀！"

"你离婚是为了我吗？"

"干！不为了妳为谁？搞得我净身出户！"

"真的？"

峰哥翻身压在她身上，问："如果是真的，妳还愿意嫁我吗？"

"这是……求婚？"

"算是吧？！要不……再来点儿仪式？"

"什么仪式？"

峰哥嘿嘿嘿地笑，魏茹萍感觉自己上大当了，但仍不可自拔地陷入欲望的深渊……

浣纱路上的
魏茹萍……

峰哥说想趁着北上见女儿之前与魏茹萍到浣纱镇一游。

"为什么？"她问。

"听说浣纱镇有个年代久远的钱家染坊，七夕节过后就要暂停营业，我想趁关门前看看，免得遗憾。"

魏茹萍没听过有这么一家染坊，但不介意与峰哥走一趟，因为两人已经到了谈婚论嫁的阶段，借旅游再多了解一下彼此也好，于是当下拍板定案。

从厦门开车到浣纱镇需要八个多小时，他们一路开开停停，途中讲了不少话，魏茹萍也因此得知峰哥对女儿的交往对象不甚满意。

"有什么不满意的？他是杀人还是放火了？"她问。

"这倒没有，而是这孩子的父母吃公家饭，而我又有黑道背景，与其等人拒绝，不如自己先拒绝人。"

虽然魏茹萍也曾怀疑峰哥游走在法律边缘，但一旦被证实，她多少还是有些不自在。

"你何不借机改邪归正？"她说。

"干！"他拍打方向盘，"我是正的好吗？只是手段不被认可而已。"

"那么何不把手段合法化？省得我提心吊胆。"

"妳怕？"

"怕，当然怕，谁会不怕？"

"那还是趁早分了吧！"

魏茹萍难以置信，昨晚还把她当宝贝的人，今天会翻脸不认人。

"好呀！"她说，"分就分，请把昨晚的夜度费付了，我不让人白嫖！"

"多少？"

"十亿。"

峰哥笑得好大声，直呼魏茹萍比他的前妻还狠，看来现在不能分，只能等到筹到钱再分……

话说得三分认真七分开玩笑，搞得魏茹萍一头雾水，问他究竟是分还是不分？

"反正妳也不能在高速公路上下车，再说，现在调头也很麻烦，所以还是等参观完钱家染坊再说吧！"

等他们从钱家染坊出来，沿河往北走时，一通电话打来，峰哥嗯嗯嗯地应着，样子颇为神秘，魏茹萍遂有了不好的预感。

过了一会儿，峰哥收起电话，表示自己有急事，得回台湾一趟。

"现在？"她很是惊讶，"那你回去还出得来吗？"

"说什么疯话？"峰哥明显不悦，"我回去是为了解决工作上的事，等解决完就回来找妳，没什么好担心的。"

这叫魏茹萍如何不担心？哪天他若被逮着吃牢饭，她岂不是守活寡，这婚还能结吗？

离别前，峰哥好心地把车钥匙留给魏茹萍，自己叫车走了（不知为何，他坚拒两人一同离开）。

双人旅行忽然变成单人，魏茹萍很是失落，默默望着眼前的浣纱河发愣。

"好奇怪！既然唔营业，挂乜营业中嘅牌子？"

"系嘅。"

魏茹萍转过头去，发现是两个香港人（为什么笃定是香港人？因为香港人的粤语有很重的懒音，也就是前后鼻音不分，不像广州本地人说的那样字正腔圆）。

"唔该，你哋讲嘅系边家店?"魏茹萍用生硬的粤语问。

背着双肩包，脚踩运动鞋的短发女生遂指向身后不远处的古式建筑，答："就系嗰家茶馆。"

照两个香港人的说法，该茶馆挂着营业中的牌子却不营业，这倒新鲜！

道谢完毕，魏茹萍心想横竖自己没事，何不过去探探究竟？于是往茶馆走去……

"凡以神仕者，掌三辰之法，以犹鬼神示之居，在女曰巫，在男曰见。"魏茹萍念完，将目光投向门头招牌上的四个大字，"巫……觋茶馆。"

原来这个字念二声Xi，魏茹萍吐了吐舌头，还好上面标注了，否则她还真以为念成"见"。

此时的魏茹萍忽然想起什么，迅速将眼光投向茶馆的雕花木门，上面果然挂着"营业中"的牌子。

鉴于火锅店老板娘的身份，魏茹萍清楚地知道商家绝不会放弃任何开门营业的机会，旅游区尤甚，因为租金昂贵之故。

为了核实香港女生所言是否属实，魏茹萍走过去推门，结果一推就开，反倒吓了她一跳，更无语的是此时屋内传来"欢迎光临"的招呼声。

这下子尴尬了，魏茹萍只能硬着头皮走进去。

等她适应了屋内昏暗的光线，终于可以分辨里面的摆件时，不免又有"走错店"的疑虑。

"欢迎光临！"声音再度传来。

魏茹萍寻声望去，发现有一只黑色鸟就站在木梯下的鸟架上，不仔细看的话，还以为是个标本。

"喂！有人吗？"魏茹萍问。

这句话显然不是问鸟，但鸟却回答"这里没人"。

"谁说没人？"一个白发老人从水缸里冒出头来，"妳想买什么？"

魏茹萍怎么也想不到水缸里竟然藏着人，一时张口结舌。

"妳如果还没做好决定就再看看，我先把缸底的青苔清干净。"老人又说。

"请问……"魏茹萍清了清喉咙，"这是茶馆吗？"

"妳说呢？"

"我说不是。"

"这就对了！"老人乐呵呵地笑，"茶馆在楼上。"

老人若不说，沈文倩不会注意到尽头处的木梯通向茶馆。

"我能上楼喝杯茶吗？"她问。

"当然可以。"老人答，"茶馆就是卖茶的，不过上楼前，妳确定不买点儿什么？"

这提醒魏茹萍也许可以买点儿什么，于是留意起店内的商品（说是商品，其实更像是二手废品）。

"这是什么？"她问。

老人闻声又从水缸里冒出头来，在看清楚她手里的东西后，答："那是令牌，可以镇邪赶鬼。"

不一会儿，魏茹萍又拿起一个子弹形的玻璃瓶问，于是老人"又又"从水缸里冒出头来，答："那是巫婆瓶，把它放置在屋内的特定角落，可以作为抵抗巫术的护身符。"

"那这个呢？"

"咒语蜡烛，念咒语时点燃，可以增强功力。"

"这个？"

"晒乾的洋地黄贰叶，具有强心作用。"

"这？"

"女巫铃当，可以驱魔。"

……

由于魏茹萍的好奇心实在太重，老人索性从水缸里爬出，专心回答问题。

约莫十几分钟的问答后，老人问她还有其他的问题要问吗？

魏茹萍本来想答没有了，不巧看见方才喊着"欢迎光临"的鸟儿，嘴里咬着一张红色卡片。

"黑鸟咬着的是什么？"她问。

"妳何不亲自问它？它叫奥奇，是只八哥。"

于是魏茹萍走了过去，哪知鸟却不留情面，拍拍翅膀从木梯旁的窗口飞出去。

"看来奥奇并不想回答妳的问题。"老人说。

"反正我也不是很想知道。"魏茹萍赌气地答，接着抬头望向木梯的尽头，"我看我上去喝茶好了。"

"也好，小心台阶，"老人叮嘱着，"踩空就不妙了。"

没想到魏茹萍还真的差点儿踩空，因为二楼的景象太出乎意料，害她走神了。

"您好，请坐下来喝茶。"一位身着素衣禅服的优雅女人坐在板桌前说，手里也没闲着。

魏茹萍左右张望，确定二楼没有第三人，遂问："妳在问我吗？"

"是的。"女人答。

魏茹萍正好口渴，于是在板凳上坐下，同时问女人泡的是什么茶？

"工夫茶，清代大诗人袁枚曾写下：'杯小如胡桃，壶小如香橼。每斟无一两，上口不忍蘧咽。'，说的正是工夫茶。"

老实说，除了杜甫和李白这两位名人，魏茹萍记不起其他诗人，更别提那些莫名其妙的诗句。

"好，很好。"她答。

"好什么？"女人问。

"喝个茶还能写出诗来，这不挺好的？"

话甫歇，一股低气压袭来，两个女人同时都感受到了。

"妳手里拿的是不是紫砂壶？"魏茹萍转了话题问。

"是的，这壶我养了好多年，所以泡出来的茶水会很润、很顺滑。"

魏茹萍之所以知道女人拿的是紫砂壶，乃因峰哥也有一个（还是花大价钱跟宜兴的老师傅买的），不过直至今日她才知道紫砂壶还得"养"。

"怎么养？"她问。

因为这个问题，女人花了足足三分钟来回答，等她讲完，茶也泡好了。

"我今天泡的是岩茶，用的是武夷山的矿泉水。"女人介绍。

魏茹萍端起宛如办家家用的小杯子，正要喝下时，被女人阻止了。

"妳得先闻茶的香气，"女人说，"品茶时也别一口喝光，而是只呷一小口，让茶味在口中慢慢展开。"

魏茹萍照做，还问动作做对了没？

"妳的动作还算可以，多练几次会更好。"女人端起被喝过的工夫杯察看，"很好，留下的份量正好看清楚。"

"看清楚什么？"

"看清楚那个男生的长相，他刚带人看过房子，应该是个中介吧？！"

"妳……妳说什么？"

女人忽视她的提问，继续说："我还看到有个臂膀上有刺青的男人正排队等待值机，看样子他即将有远行。"

"也没多远啦！"魏茹萍忽然灵光一闪，"妳是不是想唬人？给我看！"

她把茶杯抢了去，可是除了橙红色的茶汤，什么也看不到。

"妳可真会唬人！"魏茹萍下结论。

"我没唬妳，我还看到那个长相清秀的男生后来跟一个年轻女孩走了。"

年轻女孩？说的可是许沐司的……女友？

"他们去了哪里？"魏茹萍问。

女人望着她，一语不发，魏茹萍这才想起来，赶忙把茶杯递回去。

"他们去了金店，"女人直盯着茶水，"分别看了金戒指、金项链和金耳环。"

看样子许沐司和焦妍的好事近了，否则也不会买三金。想至此，魏茹萍的心里空落落的。

"妳也无需难过，这个男生从来就没爱过妳。"女人说。

"妳就非得说些打击我的话不可吗？"魏茹萍问。

"我这是点醒妳——可别错过了身边爱妳的人。"

"妳指峰哥？"

女人没回答，接着将杯子依顺时针方向转动，眉头越皱越深。

"怎么了？是不是看到不好的事情？"

"我看到那个爱妳的男人，心里还装着另一个女人。"

"干！"魏茹萍气得拍打桌面，"我就知道他还爱着他的前妻！"

此时一个黑影飞了进来，吓了魏茹萍一跳。她定眼一看，原来是不久前见过的黑色鸟，此鸟在室内盘旋了几个来回后，嘴里叼着的红色卡片忽然掉落至桌面。

"谢谢你，奥奇。"女人对鸟儿说。

"不客气，罗曼。"鸟儿对女人说。

接下来女人聚精会神地凝视着卡片，像要将它看穿了似。

"请问……"

"嘘！别打扰我工作。"

于是魏茹萍保持沉默。

"留欧奠瓦……及丝虾饶……楷鲜藕之杜……留欧奠瓦……及丝虾饶……楷鲜藕之杜……"女人将双手置于卡片上方，同时反复吟唱着。

过了好一会儿，她才停止这个怪异的举动，然后以笃定的语气说："这个男人对妳是真爱，对另外一个女人也是真爱。"

"如果是真爱，总有个轻重，那么他爱谁多一些？或者我这么问，倘若他只能救一个人，他会选择救谁？"

"我猜大部分的父亲都会先救女儿。"

"妳的意思是另外一个女人指的是他女儿？"

"可不正是？"

魏茹萍大松一口气，如果是他女儿，那还情有可原。

"不过……"女人开了头，却又忽然住口。

"不过什么？"

"没什么，反正这个女孩与妳无关。"

"怎么会无关？我就要成为她的后妈了。"

女人依然三缄其口，魏茹萍只好改问事业。

"对不起，我不清楚。"女人答。

"那么帮我招个财吧！"

"我又不是财神爷。"

魏茹萍迷糊了，这个不清楚，那个不会，算什么女巫？

"好吧！不勉强，那就到这里吧！多少钱？"她问。

"不要钱。"

"不要钱？真的？"

"真的。"

“那好，谢了！”

当魏茹萍一踏出茶馆，天际忽然传来一声雷鸣。

“不知峰哥的班机起飞了没？”魏茹萍心想，“希望他一路平安！”

第六位客人：小鱼儿

小鱼儿 -1

I

小学三年级之前，父亲在小鱼儿的心目中就像神一样的存在，直到自己被同学欺负，她老爸气呼呼地冲到学校揍人，神主牌才轰然倒塌。

"小朋友，如果有人打你或骂你，你该怎么办？"老师在课堂上问。

"告诉老师。"学生们一致回答。

"对，要告诉老师，让老师来处理，而不是以暴制暴，那是不文明的行为。"

小鱼儿的头低得不能再低，这说的正是自己的父亲，她感觉难为情极了。

年岁渐长，她也逐渐意识到父亲所从事行业的特殊性，讲得好听点儿就是黑道大哥，讲得不好听点儿就是地痞流氓；母亲也好不到哪里去，成天不是逛街就是打牌，再不然就是和父亲上演全武行，然后鼻青眼肿地述说着自己的不幸。

"于小娥，最近有没有人欺负妳？"偶尔见上面的父亲问。

由于父亲到校打人的记忆太过深刻，她哪敢承认（事实上也没人敢"再"欺负她）？

"没有。"她答。

"钱够不够花？"她父亲又问。

"够。"

然而父亲还是给了她好几张大钞，仿佛这就尽到关爱的义务。

别看小鱼儿的父亲对她出手阔绰，到了另一个女人那里，则完全是另一张脸孔。

"上个月才给过妳20万，钱都花到哪里去了？"这是她父亲的声音。

"你以为20万很多是吗？买个包都不止这个数。"这是她母亲的声音。

"买包？呵呵呵……别以为我不知道妳在玩什么把戏，别让我抓到。"

"你抓啊！现在就抓，不抓你就是卒仔！"

（注："卒仔"是台湾方言，意思是外表很强悍，实际却很胆小。）

这类的对话数不胜数，运气好的话，斗斗嘴就偃旗息鼓；运气不好的话，两人大打出手（最后总以母亲战败作终结）。

正因如此，小鱼儿的母亲曾不止一次控诉丈夫家暴，还抓来女儿当见证人，但小鱼儿总以自己未亲眼目睹为借口，逃避站队，这让她的母亲颇为心寒和不满。

在小鱼儿看来，打人固然不对，但自己的母亲也非善类，有时还刻意激怒父亲。换言之，母亲的每一次挨打都不冤，反倒显得脾气直来直往的父亲更加值得同情。

由于父母之间的矛盾与日俱增且到了不可调和的地步，小鱼儿决定逃到对岸上大学，来个眼不见为净！

"于小娥，上大学可以，但别跟外省仔结亲，还是台湾男生好，懂得疼老婆。"父亲对她说。

也许在外人看来很不可思议，但小鱼儿的父亲的确把自己归为"疼老婆"的典范（实际上也是，否则也不会次次都替妻子收拾残局，包括那永远也还不完的赌债）。

"安啦！我的标准很高的，很少人能入我的眼。"小鱼儿自信满满地答。

然而才入学没多久，她就被一个模范生模样的人给迷住了，事后回想，大概是卓家新身上的稳定气质吸引了她（小鱼儿的原生家庭太过风雨飘摇，她极度渴望过上"一日两人三餐四季"的恬淡生活）。

转眼来到一年一度的圣诞舞会上，原本就"妹有意"的小鱼儿遇到卓家新来邀舞，她想都不想，直接拉人进舞池。

待曲终人散后，小鱼儿问卓家新为什么选择纺织工程专业？

"这样我才能遇见妳。"他答。

"真的假的？"

"当然是真的，如果四个月前有人问我这个问题，答案肯定不一样，但现在的我的确是这么想的，不信的话，我可以对天发誓……"

小鱼儿第一次遇到这么没幽默感的人，她边笑边说："你好好玩喔！"

"我不是用来玩的。"

听卓家新这么一答，再看到他脸上严肃的表情，小鱼儿实在忍俊不禁，直接挂在对方身上。

"妳还好吗？"卓家新问。

"厚，一整个都被你打败了啦！"她推开他，"你确定你是地球人？"

"我是。"

这次小鱼儿笑到肚疼，直接蹲在地上，

"妳……妳能告诉我哪里说错了吗？"卓家新小心地问。

"你没错，"小鱼儿终于止住笑，接着站起身，"看来我们需要多接触一下。"

尔后，他俩的关系迅速发展起来，即使后来知道这个男孩子的父母是公务员（肯定会与黑道家族划清界限），小鱼儿还是义无反顾地将爱进行到底，直到她父亲突然造访，事情才有了变化。

"我爸来了，别出声！"她对床上的男友说，然后快速穿上衣服去应门。

当小鱼儿与久未见面的父亲站在门口四目相望时，房间内忽然传来"哐啷"一声，她赶紧说："爸，我八肚幺，我们出去呷宵夜。"

"现在已经凌晨一点多了。"

"凌晨三点还能呷宵夜，何况一点？走！现在就去。"

吃完宵夜，她父亲对她说："我要见见那个男孩子。"

"什么男孩子？"

"别装了，妳一开门，我就看到地上有双男士运动鞋。"

次日，她把"噩耗"告诉男友，卓家新倒很配合，让她颇感欣慰。哪知世纪大会面之后，男友肉眼可见地冷落自己，她直觉一定是父亲搞的鬼，所以把气都发在他身上。

"于小娥，这个男生不能要，我稍微恐吓一下，他就成了缩头乌龟。"她父亲在电话中说。

"谁让你恐吓他？我的男人我自己顾，不用你操心！"

"妳是真不懂还是假不懂？他父母是当官的，这种人家还是少碰为妙，省得麻烦！"

小鱼儿怎会不懂？但已经爱上了怎么办？她只能乐观地相信"船到桥头自然直"，再不然，还可以把人拐到台湾，反正怎么舒适怎么来。

然而事情并没有往她预想的方向发展……

小鱼儿-2

2

小鱼儿感觉自己正坐在一辆失控的车里，她拼命想把方向盘往回扳，结果不仅徒劳，反而加速往山下冲去……

"你回家不带点儿东西给你爸妈？"她对从房间里走出来的卓家新说。

"不用了，他们什么都不缺。"

看男友撒谎的样子，小鱼儿的心都碎了。

"你朋友要的录音笔带了没？"她边帮他整理衣领边问。

"……带了。"

"带了就好。"她感觉喉咙发干，眼泪就要夺眶而出，"我等你回来，多晚都等。"

就在卓家新带着录音笔南下浣纱镇的当晚，她的父亲突然现身，连招呼都不打一声。

"虽然你是我爸，但好歹上门前也通知一声，搞不好我死了，那你岂不是白跑一趟？"小鱼儿没好气地说。

"不白跑，我还得帮妳收尸呢！"

她父亲一答完，往沙发上一躺，嚷着要女儿倒杯水来。

小鱼儿照做，只是端上的是滚水，搞得她父亲破口大骂。

"不想待就走，反正我也不想看到你！"小鱼儿残忍地说。

"妳皮痒是不是？不信我揍妳！"

"你揍啊！不揍你就不是我爸。"

她父亲一冲动，果然扑了上去，但紧要关头还是将拳头收回，转身将家里砸得稀巴烂，一时锅碗瓢盆齐飞。

"你砸啊！最好把屋子报销掉，反正已经不能再坏。"小鱼儿边说边哽咽。

于峰这次来访其实带着任务，就是亲口告诉女儿——他离婚了，不过看样子于小娥已提前收到风声，干！就知道这个女人不能信任（"前妻"答应由他来传达，结果却先一步透露消息）。

"好了，别想太多，日子还是一样过，我会负担妳的学费和生活费。"他对女儿说。

"你以为钱是万能的吗？再多也回不到从前。"小鱼儿递过来怨恨的眼神，"是你……是你吓走了他，你还我一个卓家新，你还啊！"

听到这里，于峰恍然大悟，原来女儿与男友不和，结果把气全发到自己身上。

"有句话长痛不如……"

于峰话还没说完，自己的女儿哭得撕心裂肺，他再也说不下去，只能拍拍她的肩膀，安慰她一切都会变好。

一切真的会变好吗？于峰的黑道事业越来越难以为继，不仅小弟经常出状况，旗下几家正经做生意的公司也年年亏损，加上两岸对灰色产业抓得紧，让他倍感压力，如果不是为了女儿和魏茹萍，他真想甩担子不挑。

"你走.........呜呜呜......"小魚儿一把鼻涕一把泪，"你走啊！"

为了不进一步刺激女儿，屁股还没坐热的于峰便移驾到附近的酒店，心想："等于小娥冷静下来，我再告诉她离婚的事。"

小鱼儿_3

3

小鱼儿很平静地接受父母离婚的事实，还说这婚早该离了，省得她整天活在乌烟瘴气之中……

"干！"她父亲火冒三丈，"要不是不想影响妳考大学，我何苦忍到现在？"

"还说呢！你俩若早离了，我这会儿不是上台大，就是上北大，何苦沦落到一所破烂学校？"

"也对轰，这样妳就不会遇到姓卓的。"她父亲胜利一笑，"回答我，那小子是不是外面有人了？"

本来小鱼儿想刺一下自己的父亲，没想到被反将一军。

"我也不知道他是不是有人了，但感觉怪怪的，因为他开始跟我撒谎了。"

"你娘的！竟敢欺负到我女儿头上，看我不砍断他的腿！"

小鱼儿很清楚自己的父亲，别人说的狠话大多一时冲动，不会真的实施，但她的父亲不一样，严重是会死人的。

"你若敢动他一根手指，我立刻死给你看！"小鱼儿说。

"妳就只会跟令爸大小声，也不想想我做的全是为了妳，妳啊！真够叫人寒心！"

在小鱼儿的印象中，她的父亲就算打落牙齿，也会和血吞下去，别想让他落下一滴泪，可是此时此刻，这个一生要强的男人却眼眶含泪，反倒让小鱼儿无所适从。

"爸，我也只是说说而已，你别放在心上。"她蹲在父亲跟前，"你是不是哭了？"

"哭三小？！"于峰推开女儿，"是眼睛过敏，妳多久没打扫屋子？家里到处都是灰尘！"

这对父女在玩笑中冰释前嫌，尔后，于峰问女儿是不是跟定姓卓的？

"嗯！我很爱很爱他，如果不能在一起，我宁愿死掉。"她答。

于峰是个狠人，做人做事向来干脆利落，从不拖泥带水，但唯独对女儿优柔寡断。在他看来，世上唯一不需提防的人就是自己的女儿于小娥，这孩子同时还担起为他养老送终的重责，所以再怎么疼惜都不为过。如今她爱上一个外省仔，怎么劝说都没用，于峰也只能山不转路转。

"我答应妳，"他说，"如果这个男孩子跟妳求婚，我会提早退休，成全你俩。"

小鱼儿万万没想到父亲会为了她，牺牲到这种程度。

"真的？"她问。

"当然是真的。"

小鱼儿太激动了，忍不住拥抱父亲，说："爸，我爱你！"

"少来这套！"他苦笑，"妳的爱未免也太功利了。"

搞定了父亲这一关，接下来只要把男友抓到同一阵营即可，然而从浣纱镇回来后的卓家新却更加郁郁寡欢，小鱼儿的心变得好冰凉。

谁能想到这样"貌合神离"的日子会持续这么久，一眨眼，半年过去了。在这期间，小鱼儿做过各种努力，可惜收效甚微。

这一天，趁着两人都考完期末考试，她对男友说："我想回台湾一趟。"

"也好，反正开学前赶得回来就行。"

"你会等我吗？"

"什么意思？"

"等我回来。"

卓家新被问住了，自从看到钱婉儿挽着一个男人的手，甜蜜地走在浣纱路上，他百爪挠心，做什么都不起劲，一心只想着拿到毕业证就回去找佳人，如今小鱼儿问他会不会等她回来？他一时语塞。

"你如果决定不等了，那我就在台湾随便找个男生，总不能两头空，对吧？！"小鱼儿带笑说，但那笑比哭还难看。

"我等，妳就安心回去吧！"他答。

结果小鱼儿前脚一走，他后脚就火速搬回父母家，临走前不忘把属于自己的东西都带走。

"对不起，"卓家新对着已住了近两年的屋子说，"我的心已不在这里。"

小鱼儿 _4

4

回到台湾的小鱼儿彻底放开，不仅夜夜笙歌，还同时跟好几个男生搞暧昧，如果不是父亲派出的"保镖"时刻盯着，难保不出事！

"我以为妳爱的是姓卓的。"她父亲不解地问。

"哈哈！我是爱他啊！可是人家不爱我，我能怎么办？"

"干！我......"

没等父亲发出死亡通缉令，小鱼儿改口两人的感情好得很，怪就怪在她太爱玩了，不关卓家新什么事！

"玩归玩，可别真的擦枪走火，否则事情大条了。"她父亲说。

"安啦！我是峰哥的女儿，怎么可能擦枪走火？你也太小看我了！"

事实证明，小鱼儿越放纵，心里就越空虚，也就越发想念卓家新，可是她的男人大概率是丢了，否则也不会这么久都不联系她（一开始的不联系是小鱼儿刻意为之，目的是想看看对方的反应，没想到弄巧成拙，卓家新竟然也玩起失踪）。

忍了二十多天后，小鱼儿还是忍不下去了，决定回大陆一探究竟。

"妳不是说要待到八月底吗？我正想过两天把魏阿姨介绍给妳认识。"她父亲说。

"那个不急，我……我忽然想起家里的瓦斯好像忘了关。"

"干！都那么多天过去了，要爆炸早爆炸了。"

"那我回去看爆炸了没，你就好酒好菜侍候魏阿姨，人家好不容易来一趟，千万不能怠慢了。"

就在魏茹萍抵达桃园中正机场的同一天，小鱼儿坐上飞机飞往华北。

"在、不在、在、不在……"小鱼儿数着飞机餐里的青豆，"在……在。"

小鱼儿把叉子放下，然后看着舷窗外的云朵放愣，心里很是惆怅。

小鱼儿 5

5

看着曾经熟悉的屋子，小鱼儿感觉好陌生，鞋架上没有卓家新的鞋子，衣柜里没有卓家新的衣服，就连小鱼儿一直看不上眼，而卓家新却觉得好用的炒菜机也跟着不翼而飞……

"这明明是我家，可是为什么我感觉像是走入别人的家里？"小鱼儿喃喃道。

空腹两天后，小鱼儿还是决定吃点儿东西，结果冰箱空荡荡的，于是她转向厨房，当发现两包还未过期的泡面时，不知怎的，她怒火中烧——既然决定把东西都带走，为什么还要留下泡面？

盛怒下的小鱼儿不管三七二十一，直接打给卓家新，要他立刻、马上把他的泡面带走。

"妳可以扔到垃圾桶里。"他说。

"要扔也是你扔，为什么我要替你善后？"

卓家新叹了一口气，答："三个小时内到。"

当门铃声响起时，小鱼儿已经等得快睡着，还好脸上的妆没花。

"泡面在哪里？"他问。

"老地方。"

于是卓家新走向厨房，打开吊柜，稍微犹豫了一下后，他伸手去拿康师傅的那一包。

"你记不记得我们曾经为了哪家的老坛酸菜牛肉面更好吃而争得面红耳赤？"小鱼儿忽然开口问。

"当然记得，"他合上柜门，"所以我没拿走妳爱吃的统一牌子。"

"如果你要，这里的东西你全可带走，包括我的心。"

这种场面让卓家新如坐针毡，他明知小鱼儿深爱他，但他还是想再努力一把，虽然……虽然钱婉儿已经明确拒绝他的表白。

"小鱼儿，夸父决定追日时肯定也曾怀疑过，但他还是去追。"

"你到底想说什么？我们的事关夸父什么事？"

"我想说的是——人生只有一回，我想去追心目中的太阳。"

"如果……如果那个太阳太过遥远，或者根本不存在，你还是决定去追吗？"

卓家新沉默一会儿后，果断点头。刹那间，小鱼儿的天地全毁了。

"你说谎！"她用力捶打他，"你明明说过会等我回来，结果自己却跑了，现在又要去追……追太阳，你怎么可以……怎么可以这么欺负人？"

卓家新不吭一声，也不还手，任由小鱼儿发泄，直到她再也打不下去为止。

"你走吧！"她气若游丝地说。

"小鱼儿，我……"

"趁我还没改变主意，赶紧走，否则就走不了了。"

当房门关上时，小鱼儿泣不成声，这就是她的爱情，走得可真决绝啊！

小鱼儿－6

6

当卓家新听到钱家染坊就要暂停营业的消息时，恰好是开门的最后一天，他二话不说，即刻赶往浣纱镇……

"为什么停业？"他问钱婉儿。

"为了更好的出发，同时也借机把自己的终身大事给办了。"她答。

"妳……妳还不明白我的心意吗？还有，那个人从事殡葬业，妳确定你俩有共同话题？"

"这不是你该关心的事，而且我已经明确拒绝过你，所以……"钱婉儿叹了一口气，"你走吧！别再来找我，我不希望我爱的人产生误会。"

至此，卓家新的追日行动算是宣告失败，他失魂落魄地走在浣纱路上，直至有人反复呼唤他的名，说的是——卓家新，台湾小姐姐找你。

卓家新赶紧拦下那名骑自行车的小男孩，结果发现这孩子正是旅馆老板的儿子。

"我是卓家新，你说的台湾小姐姐是怎么回事？"

小男孩上下打量眼前人，答："我见过你。"

"没错，我住过你家……开的旅馆，现在告诉我——台湾小姐姐在哪里？"

"半小时前还在巫觋茶馆附近，现在在哪里就不清楚了。"

卓家新知道这家茶馆，今年元旦期间他还曾进去过。

"谢了，我这就去找。对了，是台湾小姐姐让你来找我的吗？"

"是呀！"他掏出口袋里的钞票扬了扬，"她还给我一百元台币，可以在台湾买两杯珍珠奶茶呢！"

浣纱路上的小鱼儿……

虽然一路险象环生，但最终还是抵达目的地。

"原来他又来到浣纱镇，我倒要看看这个女人有什么三头六臂？"小鱼儿心想。

然而才一会儿的工夫，小鱼儿便跟丢了，放眼望去，哪里还有卓家新的影子？她急得跺脚。

"妳是不是丢东西了？"一个留着小平头且有一对招风耳的小男孩停下自行车问。

"我丢人了。"她忽然意识到自己说错话了，"算了，当我没说。"

"其实浣纱镇不大，妳只要告诉我名字，我帮妳去找。"

"真的假的？那太好了，他叫卓家新……等等，我看还是算了。"

卓家新搬回老家与父母同住，为了跟踪男友，小鱼儿不得不入住宾馆，不仅生活上有许多不便之处，这段期间又是一年当中最酷热的时候，以致她那曾引以为傲的白皙肤色被晒成了古铜色，由此可见她为爱情做了多大的牺牲。如今小男孩自愿帮她找人，用意虽好，但不可行，因为总不能让被跟踪者知道自己被跟踪吧？！

"为什么算了？他不重要吗？"小男孩问。

"正因为重要，所以才算了。"

看小男孩一头雾水的样子，小鱼儿赶紧转移注意力，给了他一百元。

"妳为什么给我钱？而且这钱还长得不一样！"

"因……因为感谢你的善心呀！我本来想给人民币，可惜身上只有台币，不好意思轰！"

小男孩拿起台币瞧了又瞧，接着问台币一百元大不大？

"看你买什么，如果买珍珠奶茶的话，大概可以买两杯。"

想到还没去台湾就已经拥有可以在台湾买下两杯珍珠奶茶的钱，小男孩很开心地收下，同时问："妳待会儿去哪里？"

"大概先喝杯凉的，我热死了！"

于是小男孩告诉她哪里能买到凉饮。

"这家呢？"小鱼儿指向最靠近自己的茶馆问。

"这家不开门。"

"真的假的？门上明明挂着'营业中'的牌子。"

"不信妳推推看。"他重新跨上自行车，"我先走了，再见！"

小男孩走后，小鱼儿横竖没事，加上口渴难耐，于是上前推了推茶馆的门，结果门开了。

"我就说嘛！门上明明挂着'营业中'的牌子，怎么可能不开门？"小鱼儿边想边踏入茶馆。

"欢迎光临！"苍老的声音传来。

待小鱼儿适应屋内的光线，她看见一位老爷爷佝偻着背，正将一件件物品放进纸箱内。

"您好，请问……"

小鱼儿话还没说完，老爷爷告诉她这里的东西买一送一，如果买两件，还能再打对折。

优惠力度倒是挺大的，可惜商品瞧着都挺令人毛骨悚然，有的甚至发出难闻的气味。

小鱼儿犹豫了一下，才拿起一个装着毛线的试管察看，结果老爷爷立即将其他试管收起来。

"我以为您想卖东西。"小鱼儿问。

"我是想卖呀！但时间紧迫，我得赶紧打包。"

"什么意思？"

"这家店就要关门大吉了，因为买的人太少，入不敷出。"

想到这么大岁数的人还在为生活奔波，小鱼儿不禁心生怜悯，于是挑了几个看起来比较"正常"的买，可是老爷爷的反应再次出人意料。

"买这些对妳都没用，白浪费钱而已。"他说。

"那么您说哪个对我有用？"

老爷爷左顾右盼，最后望向墙上的时钟，说："快三点了！"

这座挂钟算是店内少数几个"不奇怪"的东西之一，实木制作，最上端有个鹿头，正中是一只狐狸（它的腹部便是钟面），狐狸的两旁分别站着兔子和熊，而钟的下方有三个松果造型的摆锤。

小鱼儿以为老爷爷接下来会做点儿什么，结果他目不转睛地盯着时钟看。

"请问……"

"嘘！快到了，三、二、一。"

老爷爷一数完，狐狸头上方的小木门忽然打开，一只布谷鸟冲出，发出悦耳的"咕咕"声。

就在鸟儿发出第三声"咕咕"时，老爷爷以迅雷不及掩耳的速度拿走小木门内的一样东西。

"那是什么？"小鱼儿凑了过去，"看起来像个药片。"

"的确是药片。"老爷爷答，"把它溶入液体中，饮用者便会爱上给他药剂的那个人。"

这岂不是传说中的迷情剂？

"请问这是永久性的吗？"小鱼儿问。

"没有什么是永久性的，这药的药效是24小时，超过24小时便会重新回到原点，除非妳想要的是忘情水，那个药效长，能达到数年之久。"

小鱼儿又问何谓忘情水？

老爷爷答忘情水类似孟婆汤，差别在于喝下前者只会忘掉爱情的部分，其他仍有记忆。

"那么请给我药片和忘情水。"小鱼儿答。

"好的，请稍等。"老爷爷将药片和药水分别装入密封袋内，"妳需不需要解药？"

"还有解药？"小鱼儿惊讶问道。

"当然有解药，妳没看过武侠小说吗？"

小鱼儿当然看过，而且她还是个金庸迷。

"不需要解药。"她果断地答。

"妳确定？"

"确定。"

收下迷情剂和忘情水后，小鱼儿问一共多少钱？

老爷爷答这里的东西买一送一，买两件还可以再打对折，既然小鱼儿买下两件，那就是对折再对折，等于○元。

"老爷爷，您算错了。"小鱼儿笑说。

"不会错的，我老归老，头脑清楚得很！"

小鱼儿还想说什么，老爷爷忽然问她渴不渴？想不想上楼喝杯茶？

"楼上是茶馆吗？"她问。

"正是，外面的门头招牌上写得清清楚楚的。"

老爷爷若不说，小鱼儿根本不会想到尽头处的木梯通向茶馆。

"那我上去啰！"她说。

"小心台阶，"老人叮嘱着，"踩空就不妙了。"

然而小鱼儿还是踩空了，因为楼上太过雅致，害她出了神。

"小心！"一个穿齐胸襦裙汉服的女子上前搀扶，"妳还好吧？！"

"好，"小鱼儿终于站上二楼，"谢谢！"

"不客气，您喝茶吗？"

来茶馆当然喝茶，于是她答："是的，请给我来一杯，任何一种都行。"

趁着女子去准备茶水，小鱼儿终于觑了个空能仔细观察四周，她翻了翻博古架上的古籍，又摸了摸陶瓷做的小摆件，转身再把鱼饲料偷偷倒进陶缸里，直到上楼的脚步声传来，她才在板凳上坐下。

"天气热，我为您准备的是苦丁茶，这茶不仅能清热解毒，还能降三高和减肥瘦身。"穿汉服的女子说。

小鱼儿只想解渴，功效什么的根本不在乎，结果才喝了一口，她便叫苦连天。

"苦丁茶当然苦，不苦就不叫苦丁茶了。"她随即坐下，同时捡起桌上的罗汉杯察看，"但与爱情的苦一比，这茶一点儿也不苦。"

"看来妳也曾为爱受过伤。"小鱼儿说。

"那倒没有，而是妳喝过的茶水告诉我的。"

一般人都会质疑话里的真实性，但小鱼儿不一样，她不仅相信，还央求对方告诉她更多。

"妳是第一个对我的话不表怀疑的人，"女子再度察看茶水，"我看到了两颗破碎的心。"

小鱼儿的确有一颗破碎的心，但另一颗又是谁的？

女子答另一颗的主人正往这里走来。

"这里？"小鱼儿左顾右盼，"哪有？"

"您看看窗外。"

听到这个提示，小鱼儿先走向西向的窗子，看到的是邻近住户的屋顶以及高傲地站在风火墙上的黑色鸟，哪有人影？于是她往东向的窗子走去，这次她看到涓涓细流的浣纱河与三五成群的路人，而路人之一正是卓家新，他行色匆匆，似乎有要紧的事待办。

小鱼儿往后一退，离开了窗口。

"看到了吗？"女子问。

"看到了，现在怎么办？"

"妳身上不是有迷情剂和忘情水？择一放入苦丁茶内，我想办法让那个男人喝下。"

小鱼儿愣住了，还有这种操作？

"快！他已经在楼下了。"女子催促着。

此时的小鱼儿陷入两难，如果选择迷情剂，卓家新只会爱她一天；倘若选择忘情水，卓家新虽然能忘记那个三头六臂的女人，但同时也会忘了她……

当听到有人上楼的声音，小鱼儿已经没时间考虑，她匆忙扔下一样东西，然后躲到陶缸后面。

"请问有没有一个台湾女生上这里来？"这是卓家新的声音。

"走了。"这是女子的声音。

"走了？什么时候的事？"

"刚刚。"

"那我赶紧下去找。"

"她很快会回来，你何不坐下来等？"

卓家新琢磨了一下，既然小鱼儿很快会回来，他还是等等吧！于是坐了下来。

"这个台湾女生是你的什么人？"女子问。

"她是……我的女朋友。"

"你俩走丢了？"

这句问话让卓家新感慨万千，为了一个女人，他俩的确走丢了。

"是的，所以我想把她找回来。"他答。

本来卓家新的心全在钱婉儿身上，二度被拒后，他才惊觉过去几个月自己做了一场不肯醒来的白日梦，与此同时，他也想起小鱼儿的好。

"渴了吧？！"女子把罗汉杯推过去，"喝口茶润润喉。"

想到卓家新就要喝下"加料"的苦丁茶，小鱼儿赶紧现身，并且夺下杯子。

"小鱼儿，"卓家新大喜，"妳……妳回来了。"

"我回来了。"她停顿了一下，"这茶很苦，别喝！陪我去喝桂花糖水。"

小鱼儿能回来比什么都重要，当然陪着喝糖水。

"妳就不怕这个男人只是一时兴起？"穿齐胸襦裙汉服的女子忽然开口，"等把人找回来后又会弄丢。"

从表面上看，话是对小鱼儿说，但实际何尝不是给予卓家新一个表心迹的机会？

"不会的，"卓家新立即否认，同时深情款款地注视着小鱼儿，"这次我会牢牢握紧她的手，不再让她走丢了。"

后记

小鱼儿和卓家新走后，人们再也找不到巫觋茶馆，倒是原址出现了一家绣花鞋店，门上的锁头已生锈，看起来空置很久的样子……

《完结》

作者介绍

在异国的背景下加入缠绵悱恻的爱情故事是B杜小说的一大特点，她的文笔清新、笔触诙谐、画面感很强，读完小说有种看完一部爱情偶像剧的感觉，特别适合怀春少女及对爱情有憧憬的女性阅读。

另外，B杜还创作了散文、严肃小说、系列小说等，欢迎关注。

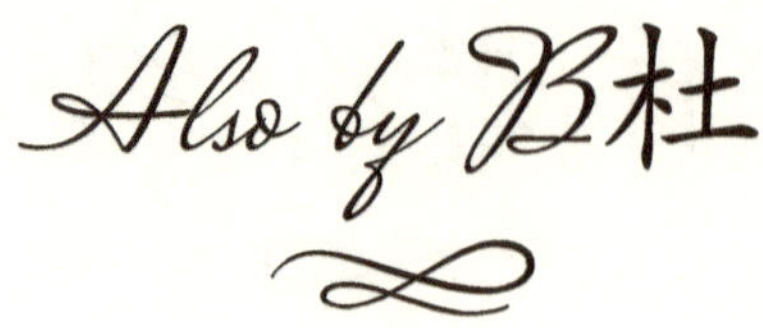

巫觋茶馆之浣纱路篇（繁體字版） The Witch & Warlock Teahouse on Huansha Road （in traditional Chinese characters)

***

《法兰西情人》 Love in France

《东瀛之爱》 Love in Japan

《新西兰之恋》 Love in New Zealand

《英伦玫瑰》 Love in England

《爱在暹罗》 Love in Thailand

《情定布拉格》 Love in Prague

《狮城情缘》 Love in Singapore

《爱上比佛利》 Love in Beverly Hills

《梦回枫叶国》 Love in Canada

《早安，欧巴》 Love in Korea

《我在苏黎世等风也等你》Love in Switzerland

《迪拜公主的秘密情人》Love in Dubai

《马力历险记1之地球轴心》The Adventure of Ma Li (1): The Time Axis

《马力历险记2之黄金国》The Adventure of Ma Li (2): Eldorado

《马力历险记3之可可岛宝藏》The Adventure of Ma Li (3): The Treasure of Cocos Island

《B杜极短篇故事集（1～100）》A Word to the Wise (Tales 1～100)

《B杜极短篇故事集（101～200）》A Word to the Wise (Tales 101～200)

《B杜极短篇故事集（201～300）》A Word to the Wise (Tales 201～300)

《B杜极短篇故事集（301～400）》A Word to the Wise (Tales 301～400)

《B杜极短篇故事集（401～500）》A Word to the Wise (Tales 401～500)

《B杜极短篇故事集（501～600）》A Word to the Wise (Tales 501～600)

《B杜极短篇故事集（601～700）》A Word to the Wise (Tales 601～700)

《巫觋咖啡馆之梧桐路篇》The Witch & Warlock Café on Wutong Road

《鸿沟》A World Apart

《洁西卡》Jessica

《我的泰国养老生活1》My Retirement Life in Thailand (1)

出版社介绍

如意出版社（Luyi Publishing）在英国注册，致力于将优秀作品介绍给全球读者，联系方式如下：

邮箱1: Luyipublishing@163.com

邮箱2: Luyipublishing@gmail.com